ATME MICH
EIN BAD BOY MILLIARDÄR LIEBESROMAN - ZITTER BUCH VIER

JESSICA F.

Veröffentlicht in Deutschland

Von: Jessica F.

©Copyright 2020

ISBN: N: 978-1-64808-110-1

ALLE RECHTE VORBEHALTEN. Kein Teil dieser Publikation darf ohne der ausdrücklichen schriftlichen, datierten und unterzeichneten Genehmigung des Autors in irgendeiner Form, elektronisch oder mechanisch, einschließlich Fotokopien, Aufzeichnungen oder durch Informationsspeicherungen oder Wiederherstellungssysteme reproduziert oder übertragen werden.

MELDE DICH AN, UM KOSTENLOSE BÜCHER ZU ERHALTEN

Möchtest Du gern Eifersucht und andere Liebesromane kostenlos lesen? Tragen Sie sich für den Jessica F. Newsletter ein und erhalten Sie ein KOSTENLOSES Buch exklusiv für Abonnenten indem Du diesen Link in deinem Browser eingibst:

https://www.steamyromance.info/kostenlose-bücher-und-hörbücher

Eifersucht: Ein Milliardär Bad Boy Liebesroman

Neue Liebe entsteht, aber auch eine Eifersucht, die sie zu zerstören droht. Ich habe meine winzige Heimatstadt und ihre Einschränkungen hinter mir gelassen. Dann erschien ein bekanntes Gesicht in der Bar, in der ich arbeite, und brachte mich wieder dorthin zurück, wo ich angefangen hatte ...

https://www.steamyromance.info/kostenlose-bücher-und-hörbücher

Du erhältst ebenso KOSTENLOSE Romanzen-Hörbücher, wenn Du Dich anmeldest

KLAPPENTEXT

Isa erholt sich von der Entführung und ihren Verletzungen, leidet aber darunter, dass ihr geliebter Bruder Seb vor ihren Augen ermordet wurde. Der Mörder macht deutlich, dass seine Terrorkampagne ihren Höhepunkt erreicht hat und nur eines sicher ist: Am Ende wird entweder er tot sein oder Isa. Kann Sam seine große Liebe retten oder werden die finsteren Mächte alles riskieren, um die Liebenden für immer zu trennen?

ATME MICH

Isa war zum ersten Mal seit Wochen aufgeregt – verdammt, sie fühlte sich *lebendig* –, als das Flugzeug den Flughafen in Venedig ansteuerte. Es war herrlich sonnig, wenn auch kalt, und als sie und Sam mit einem kleinen Schnellboot in die Stadt gebracht wurden, lehnte sie sich gegen den starken Körper ihres Mannes und fühlte, wie sie sich entspannte. Hier würden sie sich bestimmt nicht gejagt oder verfolgt fühlen. Sams Freund hatte ihnen eine kleine Wohnung vermietet und sie gewarnt, dass sie einfach, aber gemütlich sei, und es war genau das, was sie gerade brauchte. Kein übertriebener Luxus, keine massigen Leibwächter, die sie jeden Moment beobachteten. Es wäre wunderbar, nicht jede wache Minute an Seb zu denken. Sie fühlte sich schuldig deswegen, aber der Schmerz war so stark und die Erinnerung an seine Ermordung so quälend, dass sie eine Pause und ein paar Tage gesegneter Erholung brauchte.

Sam war still und hatte den ganzen Flug über etwas nachgegrübelt, aber seine Arme um sie waren beruhigend und sie sah zu ihm auf, als sie sich ihrem Anlegeplatz näherten.

„Hey", er lächelte sie an, „wir sind fast da. Ich hoffe, Jakob hat übertrieben, als er sagte, es sei einfach. Ich bin am Verhungern."

Isa lachte. „Ich bin sicher, dass Venedig viele kulinarische Highlights bietet – hätte ich zugestimmt, mitzukommen, wenn es nicht so wäre?"

Sam grinste. „Auf keinen Fall. Hier sind wir." Das Boot wurde langsamer und hielt neben einer kleinen Brücke, und Sam half ihr beim Aussteigen. Er griff nach ihren Koffern und führte sie in ein kleines Gebäude und eine staubige, schwach beleuchtete Holztreppe hinauf. Isa war schon halb verliebt, als er die Tür zu der Wohnung öffnete.

„Oh Gott, sie ist wunderschön", hauchte sie und betrachtete das kleine Wohnzimmer mit dem unverputzten Mauerwerk und der winzigen Küchenzeile. Zwei Türen an der gegenüberliegenden Wand führten zu einem kleinen Schlafzimmer und einem Badezimmer. Isa seufzte glücklich. „Es ist perfekt."

Sam sah zweifelnd aus. „Es ist winzig."

Isa verdrehte die Augen. „Hey, es ist perfekt für uns. Kein Luxus, keine hochmoderne Elektronik, nur du, ich und ein großes Bett sind genug für das, was wir vorhaben." Sie schlang ihre Arme um seine Taille und er lächelte, als sie ihre Lippen an seine presste.

„Nun, wenn du es so ausdrückst ..."

Isa kicherte. „Du bist so leicht zufriedenzustellen. Ich muss allerdings erst duschen, bevor ich etwas tue."

Sam lächelte und neigte seinen Kopf, um sie leidenschaftlich zu küssen. „Bist du sicher?"

Isa stöhnte leise, als seine Hände unter ihr Oberteil glitten.
„Nun, vielleicht ein kleiner Vorgeschmack…"
Er zog ihr T-Shirt sanft über ihren Kopf, küsste ihre Brüste und öffnete den Verschluss ihres BHs. Isa seufzte glücklich, als sein Mund ihre Brustwarzen fand und sie nacheinander neckte.

Sie zog ihm sein Hemd aus und öffnete seine Hose. Sein Schwanz lag heiß und hart in ihrer Hand und sie sank auf die Knie, um ihn in ihren Mund zu nehmen. Sie legte ihre Lippen um den breiten Schaft und ihre Zunge bewegte sich über die Spitze. Ihre Hand umfasste Sams Erektion und brachte sie dazu, sich zu verdicken und anzuschwellen. Sam stöhnte, als sie an ihm arbeitete, und ihre Zunge machte ihn vor Begierde verrückt, bis er es nicht mehr aushielt und sie auf den Boden des Wohnzimmers zog. Sie fickten hart und sahen einander an, als würden sie in diesem Moment alles vergessen. Isas langes, schauderndes Stöhnen, als sie kam, ließ Sams Haut kribbeln.

Später, als sie befriedigt, geduscht und zum ersten Mal seit Monaten wirklich entspannt waren, schlenderten sie zu einem lokalen Restaurant, das Jakob ihnen empfohlen hatte, und genossen eine Mahlzeit, die Isa als „himmlisch" bezeichnete. Es gab Hummer-Ravioli, gefolgt von einem Spanferkel, das so zart war, dass Isa viel zu viel davon aß – sehr zu Sams Belustigung.

„Gott sei Dank habe ich eine Frau geheiratet, die weiß, wie man isst", sagte er liebevoll und Isa lachte.

„Gleichfalls."

Sam war einen Moment lang still und beobachtete sie mit einem sanften, amüsierten Lächeln. Genau hier und jetzt erlaubte er sich, die Schrecken der letzten Monate zu vergessen, genauso wie die Tatsache, dass Isas potenzieller Mörder immer noch da draußen war und darauf wartete, dass sie einen Fehler machten und sie ungeschützt war. Aber vorerst konnte er daran glauben, dass sie in Sicherheit war. Ohne Isas Wissen waren ein paar Leibwächter nach Venedig gekommen – *für alle Fälle*, sagte sich Sam. *Isa muss es nie erfahren.*

Sie sah im sanften Licht des Restaurants so wunderschön aus. Die Teelichter auf dem Tisch spiegelten sich in ihren dunklen Augen. Ihr dunkles Haar fiel sanft über ihre nackten Schultern und das zarte Rosa ihres Kleides passte zu ihrer olivfarbenen Haut. Sam streckte die Hand aus und fuhr mit einem Finger über ihre Wange. Sie lächelte ihn an.

„Du hast schwärmerische Augen", neckte sie ihn und er lachte.

„Ja, für dich immer."

Sie hielt seine Hand an ihre Wange und schloss ihre Augen. Eine Sekunde lang konnte er sehen, wie all die Angst und all die Trauer über ihr hübsches Gesicht zogen. „Es ist so schön, Zeit zu zweit zu haben", sagte sie leise und er nickte.

„Ja, nicht wahr?"

„Danke, dass du mich hierher gebracht hast, Sam."

Er grinste. „Nun, gern geschehen, meine Schöne. Ich weiß, wie du mir später danken kannst."

Isa lachte. „Du bist unverbesserlich."

N ACHDEM SIE IN DIE W OHNUNG ZURÜCKGEKEHRT WAREN UND

bis spät in die Nacht miteinander Sex gehabt hatten, konnte Isa nicht schlafen. Eine Weile lag sie zusammengerollt an Sams großem, warmem Körper, stand dann aber auf und ging auf den kleinen Balkon. Sie hatte dort einen Blick auf die Lagune und beobachtete die Lichter der Stadt. *Was für ein herrlicher Ort*, dachte sie und fragte sich, ob sie für immer hierbleiben könnten. Ihr geliebtes Seattle war in letzter Zeit der Schauplatz von so viel Leid gewesen. Es brach ihr das Herz, aber sie fürchtete sich davor zurückzugehen. *Nein*, sagte sie sich, *du lässt dich von diesem Bastard nicht aus deinem Zuhause vertreiben.*

Sie dachte an das Interview, das sie bald mit Paul Carter führen sollten. Er hatte sie gebeten, live im Fernsehen aufzutreten, und obwohl Sam vehement protestiert hatte, hielt Isa es für eine gute Idee. Sam konnte Carter ohnehin nicht ausstehen, da der Journalist aus seiner Begeisterung für Isa kein Geheimnis gemacht hatte. Isa dachte, der Typ sei ein Idiot, aber gut in seinem Job, also versuchte sie, Sam zu überreden.

„Ich werde darüber nachdenken", war die einzige Antwort, die sie erhielt. *Ich werde versuchen, ihn davon zu überzeugen,* dachte sie jetzt, *dass ich dem Mistkerl, der Seb getötet hat, sagen muss, dass ich keine Angst vor ihm habe. Ich muss ihn aus seinem Versteck locken.*

Zufrieden ging sie wieder hinein und kuschelte sich ins Bett. Sam schlang seine Arme um sie und schlief fast sofort wieder ein.

Isa schloss die Augen und betete, dass sie nicht von Seb oder dem Mann träumen würde, der sie töten wollte.

. . .

Louisa verließ ihr Büro um fünf Uhr. Regen prasselte auf die Straße und sie floh in eine Bar in der Nähe ihres Arbeitsplatzes. Sie war erschöpft, traurig und verärgert. Alle, mit denen sie zusammenarbeitete, waren nach Sebs Ermordung sehr nett gewesen, aber sie hatte die unausgesprochenen Fragen und die neugierigen Blicke satt. Sie wollte schreien: „Fragt mich einfach!" Aber sie schwieg und wusste, wenn sie anfing, über ihn zu sprechen, würde sie die Fassung verlieren.

Ich vermisse dich jeden Tag, dachte sie jetzt. Sie seufzte und bestellte einen Martini. Sie war keine große Trinkerin, aber sie hatte das Bedürfnis, sich zu entspannen, also nahm sie ihren Drink und ließ sich auf einer Couch weiter hinten nieder. Sie schloss die Augen und massierte ihre Schläfen, um die Kopfschmerzen zu lindern, die unaufhörlich in ihrem Gehirn pochten.

„Louisa?"

Oh, verdammt. Sie öffnete die Augen. „Cal?" Sie war überrascht. Sie wusste nicht, dass er in diese Bar kam, die nichts Besonderes war. Jedenfalls nicht für reiche Männer wie Cal.

Cal lächelte sie an. „Darf ich mich zu dir gesellen?" Er hatte ein volles Glas Bier in der Hand und sie nickte und seufzte innerlich. Dann fühlte sie sich schlecht. Cal war seit Sebs Tod sehr nett zu ihr gewesen.

„Natürlich. Freut mich, dich zu sehen."

Cal ließ sich neben ihr auf die Couch fallen und lächelte sie an. „Hier ist es großartig", sagte er und schaute sich um. Louisa sah ihn schief an.

„Soll das ein Scherz sein? Es ist ein heruntergekommener

kleiner Laden – wenn auch mein liebster --, aber ich hätte gedacht, dass er für dich nicht gut genug ist."

Cal lachte. „Louisa, ich bin nicht reich aufgewachsen. Erst als meine Mutter Sams Vater geheiratet hat, befanden wir uns plötzlich in diesen Sphären."

Louisa sah ihn neugierig an. „Ich habe noch nie gehört, wie du über deine Mutter gesprochen hast."

Er zuckte mit den Schultern. „Sie ist vor ein paar Jahren gestorben."

„Woran?"

„Krebs. Oder an einem gebrochenen Herzen. Sams Vater war nicht besonders warmherzig." Er klang bitter.

Louisa war geschockt. „Wirklich? Das überrascht mich. Sam ist so ein anständiger Kerl."

Cal schwieg zu lange, dann nickte er lebhaft. „Ja. Ich hoffe nur ... egal."

Louisa war jetzt neugierig und musterte ihn. Cal wich ihrem Blick aus.

„Was, Cal? Was wolltest du sagen?"

Cal seufzte und fuhr sich mit der Hand über die Augen. „Ich hoffe, er tut Isa nicht das an, was sein Vater meiner Mutter angetan hat. Sich zurückziehen, wenn es kompliziert wird, und sie ignorieren. Isa ist zu gut dafür."

Zu gut für Sam. Louisa war sich sicher, dass er das sagen wollte. Sie runzelte die Stirn.

„Cal, bist du in Isa verliebt?"

Cal lachte, aber es klang aufgesetzt. „Sei nicht albern. Isa ist wie eine Schwester für mich."

Louisa errötete bei der Zurechtweisung und Cals Gesichtsausdruck wurde weicher. „Tut mir leid, Louisa, ich wollte nicht so harsch sein."

Sie nickte und schenkte ihm ein halbes Lächeln. Kurz danach ging Cal und rang ihr das Versprechen ab, später in der Woche mit ihm zu Abend zu essen und etwas zu trinken. Sie sah ihm nach, als er in den Regen hinausging, ohne zurückzuschauen. Sie war immer ein bisschen vorsichtig bei dem Kerl gewesen, aber seit Sebs Tod schien er sanfter zu sein. Heute Abend hatte er allerdings verloren gewirkt. Vielleicht lag es daran, dass Sam und Isa verschwunden waren und niemandem gesagt hatten, wohin sie gingen, nicht einmal Cal. Vielleicht ärgerte es ihn, dass sein älterer Halbbruder ihm nicht vertraute. Louisa konnte es ihm nicht vorwerfen. Sie wäre auch sauer.

Sie trank aus und rief ein Taxi. Zu Hause nahm sie eine heiße Dusche und rollte sich auf ihrer Couch zusammen, um fernzusehen. Ihre Katze Fred legte sich auf ihren Schoß. Wie jede Nacht vermisste sie Sebs warme Gegenwart, sein Lachen über eine dumme Show und seine Neckereien, wenn sie über eine romantische Komödie weinte. Verdammt, was würde sie nicht geben, um die Zeit zurückzudrehen? Dann ließ sie den Tränen freien Lauf und schluchzte, bis sie in einen unruhigen Schlaf voller Albträume und Schrecken fiel ...

Sie war im Körper der anderen Frau gefangen. Es gab einen Schmerz, einen schrecklichen, brennenden Schmerz in ihrem Kopf, und wo auch immer sie war, war es kalt und feucht. Sie lag auf Beton.

„*Isa? Baby?*"

Es war nicht Sams Stimme, aber dennoch vertraut.

„*Cal?*" Sie öffnete die Augen. Cal hatte Blut im Gesicht. Es tropfte von seiner Stirn die Schläfe hinunter.

„*Ssh*", sagte er und sah sich panisch um. „*Wir müssen hier raus.*" Er half ihr auf die Beine. „*Wo ist dein Mantel?*" Sie zitterte in ihrem blutbefleckten grauen T-Shirt, aber nicht vor Kälte. Sie schüttelte nur den Kopf. Louisa/Isa sah sich um. Ein altes, verlassenes Krankenhaus, eine Baustelle, offen für die Elemente. Sie fühlte sich krank und verletzt und ihre Glieder schmerzten. Erinnerungen kamen in ihr hoch. Ein Mann. Ein Mann auf ihr ... oh Gott, nein ...

Sie stöhnte leise und Cal drückte sie an sich.

„*Komm schon, meine Schöne, lass uns nach Hause gehen.*"

Sie konnte sich nicht bewegen. „*Cal ...*" Ihre Stimme war ein Flüstern. „*Er ... wer ist er? Er hat mich ... er hat mich gezwungen ... oh Gott ...*"

„*Himmel.*" Er zog sie fest an sich. „*Ich weiß, Baby, ich weiß, aber wir können jetzt nicht darüber nachdenken. Wir müssen hier raus, bevor er zurückkommt.*"

Er trug sie humpelnd durch das alte Gebäude. Als sie die Haupttreppe erreichten, blieb er stehen. Louisa/Isa hörte es auch – ein Auto. War er es? Sie wimmerte und wich eine Sekunde zurück, dann keuchte sie.

„*Isa!*" Sam. Es war Sam. Er war hier. Er war hier, um sie zu retten. Oh, Gott sei Dank ... Seine Stimme war immer noch weit weg und sie öffnete ihren Mund, um seinen Namen zu schreien – aber Cal presste seine Hand auf ihre Lippen.

Cal zog sie von der Treppe weg, weg von Sams Stimme. Louisa/Isa

9

versuchte verwirrt, sich aus seinem Griff zu winden und fragte sich, ob Cal nicht bemerkt hatte, dass es sein Bruder war. Er zog sie in einen der Räume entlang des Korridors und schloss die Tür hinter sich ab.

Was zum Teufel war los? Cal war von ihr abgewandt und lehnte mit der Stirn an der Tür.

„Cal ... das war Sam. Sam ist hier." Louisa/Isa wurde schwindelig. Alles drehte sich nach ihrer Gehirnerschütterung und sie war atemlos.

Cals Stimme war ruhig. „Ich weiß."

Dann drehte er sich um und lächelte sie an. „Ich weiß, dass es Sam ist, Isa. Ich dachte nur, ich hätte mehr Zeit, um das zu tun."

Sie runzelte die Stirn. „Was zu tun? Cal, lass uns von hier verschwinden."

Cal schwieg einen Moment und Isa bekam Angst. „Was wolltest du tun, Cal?"

Er ging auf sie zu und sie wich zurück, bis ihr Rücken die Wand berührte. Cal beugte sich vor, um an ihren Haaren zu riechen und ihre Wangen und ihre Lippen zu küssen. „Dich töten, meine geliebte Isabel."

Der Atem stockte in ihrer Kehle und nur eine Sekunde später wurde er aus ihrer Lunge gedrückt, als Cal ein Messer tief in sie stieß und es in ihrem Bauch drehte.

„Nein ... Nein ... Aber er stach immer wieder zu und zerfetzte die weiche, verletzliche Haut ihres Unterleibs. Das Messer schnitt durch den Stoff ihres Shirts, als die Klinge erneut in sie stieß. Ihre Beine gaben nach und Cal fing sie auf, ließ sie sanft auf den Boden sinken und fuhr fort, sein Messer in sie zu rammen. „Warum?" Ihre Stimme war ein Flüstern.

„Weil du schön bist." Seine Stöße wurden jetzt rasend und sie spürte, wie sie ohnmächtig wurde. „Weil du ihn liebst ...", er stach tief in ihren Bauch und sie würgte an ihrem eigenen Blut, „weil er dich liebt. Du warst tot, sobald er dich berührte, Isabel ..."

Die Dunkelheit kam. Louisa/Isa konnte ihr Blut riechen und fühlte, wie es aus ihren Wunden quoll. Er hatte jetzt aufgehört, auf sie einzustechen, und sah zu, wie sie starb – sie wusste, dass sie starb. Niemand konnte überleben, was Cal ihr angetan hatte. „Bitte lass mich länger leben ... Bitte lass mich Lebwohl sagen ...", flehte sie ihn an.

Cal lächelte und bückte sich, um sie ein letztes Mal zu küssen. Er starrte in ihre Augen. „Nein ...", flüsterte er und stieß die Klinge in ihr Herz.

Louisa erwachte kreischend und ihre Katze sprang ängstlich davon. Sie stolperte panisch von der Couch, verhedderte sich in der Decke, die sie über sich gezogen hatte, und stürzte zu Boden. Ihr Kopf traf die scharfe Kante des Tisches, als sie vor ihrer Wohnungstür Schreie hörte. Jemand schlug laut dagegen, rief nach ihr und kam, um ihr zu helfen.

Als ihre Nachbarin die Tür aufbrach, war sie bereits bewusstlos.

Isa schloss die Augen, als sie vom Flughafen zurückgefahren wurden. Ihr Urlaub in Venedig war viel zu schnell vergangen und jetzt mussten sie sich der Realität ihrer Existenz hier in Seattle stellen. Sams Arm war um ihre

Schulter gelegt und sie lehnte sich an ihn, um seinen großen Körper neben ihrem zu fühlen.

Morgen würden sie sich mit Paul Carter treffen, um ihm zu sagen, dass sie das Live-Interview führen wollte. Sie hatte Sam endlich überredet und ihm gesagt, dass sie ihren Stalker schockieren wollte, damit er einen Fehler machte und seine Identität preisgab. Sie hatten während ihres Urlaubs bis tief in die Nacht darüber diskutiert, aber schließlich hatte Sam nachgegeben.

„Also gut! Aber ich verdopple deine Security."

Sie stimmte zu – schließlich hatte sie bereits Leibwächter, welchen Unterschied machte es also? Sie wurden in ein anderes Hotel gefahren, denn Sam wollte sicherstellen, dass sie nicht verfolgt wurden.

Das Hotel war luxuriös, aber unpersönlich und Isa dachte wehmütig an ihre alte Wohnung über Zoes Garage zurück. Chaotisch und schlicht, aber sie hatte sie geliebt, auch deshalb, weil sie dort ihre erste Nacht mit Sam verbracht hatte. Nun wusste sie, dass sie abgerissen und zerstört worden war, nachdem das tote Mädchen dort gefunden wurde und ein Feuer Zoes Haus und Galerie verwüstet hatte. *So viel hat sich in so kurzer Zeit verändert*, dachte sie. Sie schaute zu ihrem Ehemann hinüber, dessen Züge streng und grüblerisch waren. *Ich liebe dich so sehr*, dachte sie, *aber ich kann nicht anders, als mich zu fragen, wo ich wäre, wenn wir uns nie getroffen hätten.* Wäre Seb noch am Leben? Würde der Mann, der sie tot sehen wollte, sie immer noch verfolgen? Sie seufzte tief und Sam sah sich mit sanften grünen Augen um.

„Alles okay?"

Sie nickte und versuchte zu lächeln. *Ich könnte dich niemals aufgeben, Samuel Levy. Ich würde mit Freuden für dich sterben.* Sie beugte sich vor und küsste ihn. „Lass uns ins Bett gehen, Liebling."

Sams Telefon klingelte und er schenkte ihr ein entschuldigendes Lächeln, als er ranging. „Ja? Hey, Cal."

Isa sah, wie sich sein Gesicht veränderte, und fühlte, wie ihr Herz sank. Weswegen auch immer Cal anrief, es waren keine guten Nachrichten. Sam beendete den Anruf und sah sie dann an. „Es ist Louisa. Sie ist zu Hause gestürzt und hat sich den Kopf angeschlagen."

„Oh nein. Geht es ihr gut?"

Sam schüttelte den Kopf. „Sie liegt bewusstlos im Krankenhaus. Die Ärzte wissen nicht, ob dauerhafte Schäden zurückbleiben werden."

ZOE MARSHALL FLOG AM TAG DES INTERVIEWS MIT PAUL Carter nach Seattle zurück. Isa hatte telefonisch Einwände erhoben, als Zoe ihr ihre Pläne mitteilte, aber Zoe hatte darauf bestanden.

„Bei so etwas werde ich dich sicher nicht allein lassen", hatte sie gesagt und Isa hatte gnädig nachgegeben.

„Es wäre schön, dich zu sehen", sagte sie zu ihrer De-facto-Mutter und damit war die Sache entschieden. Als Zoe ihr Gepäck holte und den Ankunftsbereich betrat, sah sie, wie Isa, die von zwei riesigen Leibwächtern flankiert wurde, auf sie wartete. Isa nickte unmerklich zu den Männern und verdrehte die Augen. Zoe grinste und umarmte sie fest.

„Willkommen zurück, Mom", sagte Isa und Zoe spürte, wie

Tränen in ihre Augen traten. Sie wischte sie ungeduldig weg und alle gingen zu der wartenden Limousine.

„Wir fahren direkt ins Krankenhaus", sagte sie zu dem Chauffeur und Isa nickte.

„Louisa ist wach, aber noch benommen", sagte sie zu Zoe. „Es ist eine schwere Gehirnerschütterung, aber sie hoffen, dass es ihr auf lange Sicht wieder gut geht."

Zoe runzelte die Stirn. „Was ist mit ihrer Familie?"

Isa sah traurig aus. „Sie hat keine. Nicht in Washington."

„Wie du auch."

Isa lächelte. „Ich habe dich."

Zoe drückte ihre Hand. „Und Sam und Cal."

Isa nickte und Zoe fragte sich, ob alles in Ordnung war. „Was ist los? Hast du Bedenken bezüglich des Interviews?"

Isa schüttelte den Kopf. „Nein, es ist nur … Gott, es klingt so lächerlich, aber Paul Carter war gestern sehr, ähm, kokett und es ging Sam wirklich unter die Haut. Als ob er irgendetwas zu befürchten hätte. Paul Carter ist ein guter Journalist, aber er jagt mir einen unheimlichen Schauder über den Rücken. Ich mache mir Sorgen, dass Sam vergisst, warum wir das überhaupt tun." Sie sah Zoe entschuldigend an. „Ich habe dir gesagt, dass es lächerlich ist."

Zoe lächelte sie an. „Wenn es auf der Welt weniger männliches Ego gäbe, wäre sie ein besserer Ort, Isa. Sam kennt die Prioritäten, keine Sorge."

IM KRANKENHAUS WAR LOUISA WACH UND GLÜCKLICH, SIE ZU

sehen. Zoe war schockiert über die dunklen Ringe unter ihren Augen und als Isa gegangen war, um ihnen Kaffee zu holen, nahm sie die Hand der jüngeren Frau.

„Was ist los?"

Louisa seufzte. „Es sind die Alpträume, Zoe. Ich kann sie nicht abschütteln. Bilder von Seb, wie er immer und immer wieder getötet wird ... Isa, wie sie auf die übelste, schrecklichste Weise ermordet wird ... Und immer ist der Mörder dieselbe Person und ich kann ihn nicht aus dem Kopf bekommen."

„Wer?"

Louisa zögerte und sah sie an. „Cal."

Zoes Augenbrauen schossen hoch. „Louisa, warum in aller Welt ...?"

„Ich weiß, es ist verrückt und ich habe keinen Grund, den Armen überhaupt zu verdächtigen."

Es herrschte Stille und Zoe wartete einen Herzschlag, bevor sie fragte. „Warum also?"

„Er ist in Isa verliebt", platzte Louisa heraus. „Es ist offensichtlich für mich und ich habe mich gefragt, ob er zu so brutaler Eifersucht fähig ist, dass ..."

„Nein", sagte Zoe abrupt. „Das ist unmöglich. Zum einen würde er Seb niemals verletzen. Sie waren so gute Freunde. Zum anderen würde er Sam nicht schaden. Und ja, er ist in Isa verknallt, aber das wissen alle. Es ist harmlos. Cal ist harmlos."

Louisa sah beschämt aus. „Es tut mir leid. Ich schätze, ich komme nicht so gut mit allem zurecht, wie ich dachte." Ihre

Augen füllten sich mit Tränen. „Oh Gott, ich vermisse ihn, Zoe, ich vermisse Seb die ganze Zeit."

Zoe nickte und ihre dunklen Augen funkelten. „Ich weiß, Schatz, ich weiß." Sie hielt Louisa fest, während sie schluchzte.

VOR DEM KRANKENHAUSZIMMER HÖRTE ER DAS MÄDCHEN weinen. *Das habe ich getan.* Ihr Schmerz brachte ihn zum Lächeln. Er entfernte sich und betastete das Messer in seiner Tasche. Er war Isa ins Krankenhaus gefolgt und wusste, dass sie sich dort sicher fühlte und ihre Security ins Wartezimmer geschickt hatte.

Dummes Mädchen. Wie leicht könnte er sie in die Enge treiben und töten. Er könnte es tun ... aber das wollte er noch nicht. Es wäre zu überstürzt und zu leicht zu entdecken. Aber er folgte ihr gern in dem Wissen, dass sie an einem Ort, wo sie am sichersten sein sollte, am meisten gefährdet war.

Und es brachte ihn zum Lächeln, dass sie bald, sehr bald, in seinen Armen verbluten würde und niemand sie retten könnte.

SAM RUTSCHTE AUF DEM STUHL HERUM, ALS SICH DIE Maskenbildnerin um ihn kümmerte und Puder auf sein Gesicht tupfte. Er kniff die Augen zusammen und sah zu Isa, die sich bemühte, ein Lächeln über sein mürrisches Gesicht zu verbergen. Die Studiolichter waren heiß und er fühlte sich nervös und gereizt. Sein Magen sagte ihm, dass dies ein Fehler war, besonders angesichts des Treffens, das er gestern mit Carter gehabt hatte, als Isa mit Zoe im Krankenhaus gewesen war.

Er hatte ihr nichts davon erzählt, sondern ihr nur gesagt, dass er Zoe nicht abholen konnte, weil er in letzter Minute ein Meeting hatte. Sie hatte seine Ausrede ohne Streit oder Verdächtigungen geglaubt und Sam hatte Carter angerufen und ihn gebeten, ihn in seinem Büro zu treffen.

Carter war grinsend dort aufgetaucht und sah aus, als wüsste er, was Sam sagen wollte. Verdammt, warum wirkte er immer so überheblich? Sam wollte ihm ins Gesicht schlagen.

„Ich habe nicht viel Zeit, Levy. Ich bereite mich auf das Interview vor. Was wollen Sie?"

Sam redete nicht um den heißen Brei herum. Je früher dieser Kerl sein Büro wieder verließ, desto besser.

„Ich möchte nicht, dass Isa morgen über Ihre Fragen beunruhigt ist. Ich möchte nicht, dass sie gedemütigt oder verärgert wird."

„Das würde mir nicht im Traum einfallen", sagte Carter. „Diese schöne junge Frau hat schon genug durchgemacht."

Sam biss die Zähne zusammen. „Ja, *meine Frau* hat viel gelitten. Ich warne Sie also – wenn sie nicht über ein bestimmtes Thema reden möchte, setzen Sie sie nicht unter Druck."

„Das werde ich nicht. Sie haben mein Wort. Andererseits habe ich einige Fragen an Sie."

Sam nickte lebhaft. „Na gut. Geben Sie sie einfach auf dem Weg nach draußen bei meiner Sekretärin ab."

Paul Carters Lächeln breitete sich auf seinem Gesicht aus. „Ich stelle niemals Fragen im Voraus, Mr. Levy. Das wissen Sie. Sie sollten nicht allzu besorgt sein. Die Vergangenheit Ihrer Familie ist allseits bekannt."

Sam war sehr still geworden. „Der Mord an meiner Mutter steht nicht zur Diskussion."

Carter stand auf. „Ich werde nicht darauf verweilen, aber es ist relevant, oder?"

Sam erhob sich ebenfalls. „Eine Sache noch. Isa ist *meine Frau*. Glauben Sie nicht, dass ich nicht bemerkt habe, wie Sie um sie herumschleichen. Halten Sie sich zurück oder ich mache Ihnen das Leben verdammt unangenehm."

Paul Carter wurde feuerrot. „Mein Gott, warum fallen exquisite Frauen immer auf solche Bastarde herein? Drohen Sie mir nicht, Levy, oder Sie werden es bereuen."

Er schlug die Tür auf dem Weg nach draußen zu und jetzt wünschte Sam, er hätte ihn nicht bedroht. Das waren sein männlicher Stolz und der Neandertaler in ihm gewesen. Aber wenn dieser Interviewer den Mörder aus der Deckung locken würde, könnte er damit leben.

Paul lächelte Isa an und ignorierte Sam, als er ins Studio kam. „Schauen Sie nicht so ängstlich", sagte er zu Isa, „das wird einfach."

Sam räusperte sich, aber Paul ignorierte ihn trotzdem. Isa legte ihre Finger auf Sams Hand.

„Wir schaffen das", sagte sie leise.

ALS DIE SENDUNG BEGANN, MACHTE PAUL EIN INTRO, DANN wurden einige Clips abgespielt: Das Feuer in der Galerie, der Abtransport von Sebs Leiche, Isa und Sam zusammen auf diversen Veranstaltungen.

Sam nahm Isas Hand und fühlte, wie sie zitterte. Sie drehte

sich zu ihm um und ihren dunklen Augen war voller Angst. „Ich liebe dich", flüsterte er und sie lächelte ihn dankbar an.

Paul Carter war trotz seiner vielen Fehler ein großartiger Interviewer und führte Isa sanft durch die schwierigsten Fragen über ihre Entführung, Sebs Mord, die Entdeckung des toten Mädchens, das wie sie aussah, und das Wissen, dass ihr ein schrecklicher Tod drohte.

Isas Stimme zitterte und ein paar Mal musste sie aufhören, um sich zu sammeln, aber sie schaffte es. Paul sah sie mitfühlend an. „Haben Sie Angst, Isa? Sie haben jedes Recht dazu."

Sie nickte. „Ja. Aber darüber hinaus bin ich wütend. Unheimlich wütend, Paul. Ich habe das nie gewollt, aber jetzt ist es etwas zwischen ihm und mir. Also soll er ruhig zu mir kommen. Wir werden sehen, was als Nächstes passiert."

Der Zorn in ihrer Stimme brachte Paul für eine Sekunde zum Schweigen. Dann nickte er mit aufrichtiger Bewunderung. Er sah Sam an. „Sie müssen ein stolzer Mann sein."

Sam nickte. „Das bin ich. Ich bin stolz und glücklich, diese außergewöhnliche Frau getroffen zu haben."

Pauls Lächeln erreichte seine Augen nicht ganz. „Sie haben als einer der führenden Kunsthändler in diesem Land schon viele Künstler gefördert. Wie war es, als Sie Isa das erste Mal getroffen haben? Wie haben Sie ihr Talent entdeckt?"

Sam lächelte und erzählte von ihrer ersten Begegnung – abzüglich des Sex-Marathons, der später in jener Nacht erfolgt war. Isa grinste ihn an, als er davon erzählte. Ihre Augen leuchteten, als sie sich mit ihm gemeinsam erinnerte.

„Und Sie haben nur wenige Monate später geheiratet?"

Sam berührte Isas Gesicht. „Ich wollte sie heiraten, sobald ich sie getroffen habe." Isa schmiegte sich in seine Berührung.

„Nun, es sieht so aus, als ob Sie beide fest entschlossen sind, gemeinsam zu kämpfen."

Isa nickte. „Ja. Wir sind unzertrennlich."

Pauls Augenbrauen schossen hoch. „Wirklich?"

Isa runzelte verwirrt die Stirn und Sam setzte sich auf und starrte den Interviewer an. „Natürlich."

Paul tippte mit dem Stift auf seinen Notizblock. „Ich frage nur, weil Sie das sicherlich auch beim ersten Mal gedacht haben."

Sam wurde kalt. „Was?"

„Bei Ihrer ersten Frau. Casey Hamilton."

Sam spürte, wie Isa neben ihm ganz still wurde. Ihre Hand erstarrte in seiner. Es gelang ihm, sich zu sammeln. „Das steht nicht zur Diskussion." *Scheiße.* Eine Sekunde lang wollte er sich auf Paul Carter stürzen, aber als er den Blick des anderen Mannes auf sich zog, war darin keine Böswilligkeit, nur Verwirrung. Er erkannte, dass Carter nicht gewusst hatte, dass Isa nichts über Casey wusste – warum auch? Jeder normale Mensch hätte seiner neuen Frau von seiner Ex-Frau erzählt.

Paul wechselte schnell das Thema und beendete das Interview. Sobald der Regisseur verkündete, dass sie nicht mehr live waren, rutschte Isa von ihrem Stuhl und ging von den beiden Männern weg, die hinter ihr her starrten. Paul sah Sam an.

„Sie wusste es nicht?"

Sam schüttelte den Kopf. „Wer hat es Ihnen gesagt?"

Carters Augen waren undeutbar. „Ich kann meine Quelle nicht preisgeben. Tut mir leid."

Sam schüttelte den Kopf. „Es ist nicht Ihre Schuld." Er stand auf und folgte Isa zurück zu den Garderoben. Als er dort ankam, war nur noch ein Mitglied ihres Sicherheitsteams übrig. Der Mann namens Toby sah verlegen aus.

„Sir, Mrs. Levy hat David gebeten, sie nach Hause zu fahren. Sie hat Ihnen eine Nachricht hinterlassen."

Sam nickte fest und ging in die Garderobe. Sein Herz hörte auf zu schlagen, als er ihre Nachricht sah – und ihren Ehering, der darauf lag. Er hob den Ring auf und entfaltete den Notizzettel.

Versuche nicht, mir zu folgen.

Das war alles. Es war genug, um ihm das Herz zu brechen.

Zoe sah ihre Tochter mit gerunzelter Stirn an, als sie in der kleinen Wohnung saß. Isa war vor zwei Tagen an ihrer Tür aufgetaucht und Zoe hatte sofort gewusst, dass etwas Wichtiges passiert war – und es war nichts Gutes.

„Er ist ein Lügner", war alles, was Isa ihr bisher gesagt hatte, und der Herzschmerz in ihrer Stimme hatte Zoe davon abgehalten, sie mit Fragen zu bombardieren. Sam hatte natürlich angerufen, aber Isa wollte seine Anrufe nicht entgegennehmen. Zoe hatte ihn gefragt, was los war, und wurde immer besorgter, als Sam am Telefon zusammenbrach.

„Sag ihr einfach, dass es mir leidtut und dass ich sie liebe."

Jetzt nahm Zoe Isas Hand. „Du musst mir sagen, was passiert ist, Isa. Ich werde hier noch verrückt."

Isa seufzte. „Er war schon einmal verheiratet, Zoe. Mit Casey Hamilton."

Zorn huschte über Zoes Gesicht. „Soll das ein Scherz sein?"

„Nein. Er hat mich über sie angelogen. Er brauchte Monate, um zuzugeben, dass er sie kannte und eine enge Beziehung zu ihr hatte. Jetzt finde ich heraus, dass er mit ihr verheiratet war. Verheiratet! Was war sonst noch gelogen?" Sie sah Zoe mit schmerzerfüllten Augen an. „Nach allem, was wir durchgemacht haben ... Wie konnte er das tun?"

Zoe schlang ihre Arme um Isa, hielt sie fest, als sie schluchzte, und verfluchte Sam Levy schweigend. Zoe hatte ihn jahrelang gekannt und nie etwas über Casey Hamilton gewusst. Isa hatte recht – was versteckte er noch?

AM ANDEREN ENDE DER STADT WAR SAM GENAUSO durcheinander. Cal hatte versucht, ihn zu beschwichtigen, aber Sams Verzweiflung war überwältigend. Er gab Paul Carter keine Schuld – er hatte sich diese Katastrophe selbst zuzuschreiben. Warum zum Teufel war er nicht von Anfang an ehrlich zu Casey gewesen? Er machte seiner Wut auf sich und Casey laut Luft, während Cal zuhörte und ihn genau beobachtete. Schließlich seufzte Sam und schüttelte den Kopf. „Ich habe alles ruiniert."

„Ja", sagte Cal ohne viel Mitgefühl. „Was zum Teufel hast du dir dabei gedacht?"

„Es war fast so, als wäre die Lüge zu groß geworden, um sie zurückzunehmen, weißt du?"

„Du kannst nicht so naiv sein, zu denken, dass es nicht irgendwann herauskommt. Egal, wie sehr du Online-Artikel löschen und Dokumente verschwinden lässt, Sam ..."

„Ich weiß", unterbrach ihn Sam und winkte ab. „Es war dumm. Es ist nur so, dass so viele andere Dinge passiert sind, dass es nicht relevant zu sein schien."

Cal schüttelte den Kopf und biss die Zähne zusammen. „Was, wenn es eine Verbindung gibt? Was, wenn Casey diejenige ist, die hinter all dem steckt?"

Sam schüttelte den Kopf. „Ein Mann hat Isa und Seb entführt."

„Ein Mann, der vielleicht dafür angeheuert wurde."

Sam überlegte. „Ich weiß, aber seinem Verhalten nach schien es, als wäre er derjenige, der von Isa besessen ist."

„Ich verstehe immer noch nicht, warum er sie nicht getötet hat, als er sie hatte", sagte Cal unverblümt und ignorierte, dass Sam zusammenzuckte. „Es tut mir leid, Sam, ich verstehe es einfach nicht."

Sam seufzte und fuhr sich mit der Hand durch die Haare. „Hör zu, ich bin erschöpft. Ich gehe ins Bett. Morgen früh werde ich eine Lösung finden."

Nachdem Sam ins Bett gegangen war, stellte Cal eine Flasche Single Malt Scotch vor sich. Er nahm sein Handy heraus und schrieb Isa eine SMS.

Hey, das alles tut mir leid. Wenn du jemanden zum Reden brauchst, weißt du, wo ich bin.

Er hatte nicht erwartet, dass sie antwortete, aber eine halbe Stunde später ...

Danke, Cal. Ich brauche nur Zeit.

Louisa war seit einer Woche aus dem Krankenhaus entlassen, als sie sich mit ihrem Hund, einem riesigen Deutschen Schäferhund namens William, der alle außer Louisa hasste, nach draußen wagte. *Außer Seb*, dachte sie jetzt und legte ihm sein Geschirr um. Sogar William hatte Seb geliebt.

Sie fuhr zum Strand und ließ William von seiner Leine. Es war kalt und sie waren die Einzigen dort.

Louisa atmete tief durch. Die letzten Wochen waren chaotisch gewesen. Jeden Tag dachte sie an Seb. *Ich liebe dich.* Sie seufzte. Sie sollte nicht so denken, aber sie erinnerte sich immer wieder an seine Lippen und daran, wie sich seine Hände auf ihrer Haut anfühlten ...

Ihr Handy klingelte. Sie zuckte leicht zusammen und sah, dass Cal anrief.

„Hey, wie geht es dir?"

„Hallo, Louisa, ich habe mich das Gleiche gefragt. Ich hoffe, du fühlst dich ... nun, vielleicht ist *besser* nicht das richtige Wort, aber ..."

„Ich weiß, was du meinst, Cal. Danke."

Es gab eine Pause. Louisa runzelte die Stirn.

„Ich höre Wasser", sagte Cal. „Wo bist du?"

Sie sagte es ihm. „William scheucht Möwen herum." Sie lachte und er schloss sich ihr an.

„Nun, ich wollte dich zum Mittagessen einladen, aber wie

wäre es, wenn du bleibst, wo du bist, und ich ein Picknick mitbringe?"

Louisa zögerte – sie genoss es, allein zu sein. Aber sie gab nach. „Okay, Cal. Das klingt nach Spaß. Ich bin ganz links am Strand. Du kannst mich nicht verfehlen. Ich bin die Einzige hier."

„Ich werde dich finden. Bis bald."

Louisa schob ihr Handy zurück in ihre Tasche. Zu spät wurde ihr klar, dass William über Cals Anwesenheit nicht glücklich sein würde. Sie ließ ihn eine Weile rennen, leinte ihn dann an und führte ihn zurück zu ihrem Truck. William war es gewohnt, auf der Ladefläche angebunden zu sein, und ließ sich mit einem traurigen Blick dort nieder.

„Tut mir leid, Kumpel. Aber ich möchte nicht, dass du Cal frisst."

Sie küsste ihn auf den Kopf und ging zurück zum Strand, um auf Cal zu warten.

Louisa seufzte. „Okay, ich glaube, ich habe heute mehr gegessen als in der vergangenen Woche." Sie legte ihre Hand auf ihren Bauch und lachte. „Das war köstlich." Sie lehnte sich zurück gegen das Treibholz und grinste ihn an. Es war seltsam. Cal war entspannter in ihrer Gegenwart als je zuvor und Louisa stellte fest, dass sie dankbar für seine Gesellschaft war. Sie fühlte sich schlecht, weil sie ihn verdächtigt hatte.

Cal lächelte und räumte ihre Teller weg. „Schön, dass es dir gefallen hat."

„Das war eine gute Idee, Cal. Danke." Louisa wollte ihm beim

Aufräumen helfen, aber er scheuchte sie weg.

„Dessert?"

„Ich kann nicht mehr." Sie nippte an ihrer Limonade.

Cal lächelte und prostete ihr mit seinem Glas zu. „Also, denkst du immer noch, dass ich verrückt nach Isa bin?"

Sie wurde rot. „Cal, oh Gott, das tut mir leid. Ich glaube, ich habe nach etwas gesucht, um mich von dem Schmerz abzulenken, Seb verloren zu haben. Du warst nur ein guter Bruder für sie. Verdammt, ich hasse, was gerade mit Sam und Isa passiert."

Cal nickte und sein Lächeln verschwand. „Ich auch. Ich weiß ehrlich gesagt nicht, wie sie das überstehen sollen. Sam ist ein verdammter Idiot."

Louisa war still und Cal seufzte. „Ich weiß, was du denkst – hoffe ich, dass ich Isa verführen kann? Nein, das tue ich nicht. Ich bin nicht so."

Louisa fühlte sich ertappt. „Cal, ich würde nie ..." Aber sie hielt sich zurück. Sie würde lügen, wenn sie sagte, dass ihr der Gedanke nicht gekommen war.

Cal beobachtete sie. „Hör zu, ich bin ehrlich. Ich war verknallt. Damals, als sie sich kennenlernten. Sie ist wunderschön und süß und talentiert und ich bin nur ein Mensch. Aber ich bin wirklich nicht *so* ein Mann."

Louisa spürte, wie seine Hand in ihre glitt. Sie öffnete die Augen und Tränen liefen über ihre Wangen. „Es tut mir leid", flüsterte sie. „Ich bin so durcheinander. Ich weiß nicht, was ich tue und wie ich mich fühle. Ich versuche nicht, Ausreden zu finden. Cal, du musst verstehen, dass ich im letzten Jahr so viel verloren habe." Sie unterdrückte ein Schluchzen. „Nichts ist so, wie es scheint. Nun, so fühlt es sich jedenfalls für mich an. Ich kann nicht glauben, dass dies mein Leben ist. Ich weiß nicht, wem ich vertrauen kann und was ich denken soll." Sie rieb sich die Augen.

Er wartete, während sie tief Luft holte. „Cal, ich denke, ich gehe besser nach Hause, wenn es dir nichts ausmacht."

„Natürlich nicht. Soll ich dich fahren?"

Sie schüttelte den Kopf. „Lass uns einfach in Kontakt bleiben. Versprochen?"

Er küsste sie auf die Wange. „Versprochen."

CAL GING NACH HAUSE, UM SAM ZU FINDEN, DER IMMER NOCH in der Wohnung herumsaß und litt. „Alter, ernsthaft. Lenke dich ab."

Sams Handy summte und er schnappte es sich. Sein Gesicht verdunkelte sich, als er sah, dass es nicht Isa war, die ihn anrief.

„Ja?" Sein Gesichtsausdruck änderte sich, als er ein paar Worte sprach und dann auflegte. Er sah zu Cal. „Das war Paul Carter. Er möchte bei sich zu Hause etwas mit mir besprechen. Heute Abend. Er sagt, er hat Informationen für uns."

ISA PARKTE IHR AUTO VOR PAUL CARTERS HAUS. Im Rückspiegel sah sie, dass ihr Sicherheitsteam etwas weiter die Straße hinunter parkte. Sie war dankbar, dass sie darauf bestanden hatten, mit ihr zu kommen, aber sie hasste es, die ständige Erinnerung an Sam bei sich zu haben. *Besser, als dass dein potenzieller Mörder freien Zugang zu dir hat, Idiotin.* Sie seufzte und stieg aus, als sie bemerkte, dass ein weiteres Auto vor Paul Carters Haus hielt. Ihr Herz setzte einen Schlag aus, als Sam ausstieg, sich umdrehte und sie sah. Sie starrten sich lange an, dann ging Sam langsam zu ihr. Isa spürte, wie ihr ganzer Körper zitterte.

„Was machst du hier?" Sie hasste, dass ihre Stimme brach. Sam hob eine Hand, um ihre Wange zu berühren, und sie wich zurück und fühlte sich sofort schuldig wegen des Schmerzes in seinen Augen. Er senkte seine Hand.

„Paul hat mich angerufen und ein Treffen vereinbart."

„Mich auch."

Es herrschte lange Stille, dann zog Isa ihren Mantel fester um sich, als würde sie sich dadurch vor weiteren Verletzungen schützen wollen. „Weißt du, was auch immer er sagt, ändert nichts, Sam."

Sam nickte mit traurigen grünen Augen. „Ich weiß. Isa ... ich kann nicht einmal anfangen ..."

„Nicht", sagte sie und Tränen traten in ihre Augen. „Bitte sag einfach nichts. Ich kann es mir noch nicht anhören."

Sam nickte düster. „In Ordnung. Nimm dir so viel Zeit, wie du brauchst. Du sollst nur wissen, dass ich dich liebe."

Isa drehte sich von ihm weg. „Ich liebe dich auch, Sam, aber das reicht nicht. Es ist nicht genug."

„Ich weiß." Sams Stimme war kaum mehr als ein Flüstern. Plötzlich sahen sie einander an und Isa öffnete ihren Mund, um etwas zu sagen – gerade als Paul Carters Haus explodierte.

DER GANZE HIMMEL LEUCHTETE AUF UND DIE SCHOCKWELLE riss Sam und Isa zu Boden. Nach ein paar Augenblicken riskierten sie aufzustehen.

„Oh mein Gott ..." Isas Gesicht war selbst im orangefarbenen Licht des Feuers blass. Sam legte einen Arm um ihre Schultern, als er die Polizei rief. Isas Augen waren voller Tränen. „Oh, lieber Gott, ich hoffe, Paul war nicht da ..."

Sam schürzte die Lippen und wusste, dass die Chancen dafür gering waren. Jemand wollte offenbar sicherstellen, dass Paul Carter für immer den Mund hielt.

Himmel. Wie viele Menschen müssen noch sterben?

CHAOS. VON ÜBERALL HER WURDEN FEUERWEHRLEUTE herbeigerufen und Paul Carters Haus glich einem Inferno. Isa und Sam sahen aus sicherer Entfernung zu, wie das zersplitterte Glas der Fenster weggeräumt wurde. Stunden vergingen und das Feuer weigerte sich trotz aller Bemühungen des Löschtrupps zu sterben. Der Rauch wurde von einem Sturm durch die Straße getrieben und Regen prasselte zischend auf den Asphalt und konkurrierte mit dem Knistern der Flammen.

Isa lehnte sich benommen zurück. Erschöpfung, Angst und Trauer ließen ihren Körper schwer werden. Sie konnte fühlen, wie sie von all dem Entsetzen, dem Tod und dem Verrat, der sie umgab, innerlich gebrochen wurde. Alles, was sie wollte, waren Sams Arme, aber gleichzeitig konnte sie ihre Wut auf ihn nicht loswerden. Und jetzt das ... Was hatte Paul Carter ihnen erzählen wollen? Sie schloss die Augen. In diesem Moment wünschte sie sich, der Mörder würde einfach zu ihr kommen und alles beenden. Zu viele Menschen starben. *Wenn ich wüsste, wer du bist, würde ich mich dir opfern.* Himmel, wie tief war ihr Selbstwertgefühl gesunken, dass sie aktiv sterben wollte? *Ich zerbreche nicht,* dachte Isa verzweifelt. *Ich bin schon zerbrochen.*

Sam kam zu ihr, zögerte erst und zog sie dann in seine Arme. Sie wehrte sich nicht und legte ihre Wange an seine warme, feste Brust. Sie seufzte tief und fühlte, wie sich Sams Arme um sie schlossen. „Ich muss auf die Mordkommissare warten", sagte er leise. „Sie werden wahrscheinlich auch mit dir sprechen wollen."

Sie nickte, sagte aber nichts. „Isa? Baby?" Sie blickte in sein schönes Gesicht und seine Augen, die nichts als Liebe für sie zeigten. „Kommst du nachher mit mir ins Hotel, damit wir über alles sprechen können? Ich schwöre, dass ich dir alles erzähle, und wenn du danach gehen möchtest, werde ich nicht versuchen, dich aufzuhalten."

Isa spürte, wie ihr Körper schwach wurde. „Ja, in Ordnung." Sam musste seinen Kopf neigen, um sie zu hören, und dann war sein Mund nur noch wenige Zentimeter von ihrem entfernt und sie konnte seinen warmen Atem fühlen. Er streichelte ihre Lippen mit seinen, aber dann rief jemand seinen Namen und er sah auf. Sam warf ihr einen enttäuschten Blick zu, trat jedoch zurück, um mit dem leitenden Detective zu sprechen. Isa wurde plötzlich kalt und sie schlang ihre Arme um sich. Warum fühlte sie sich gerade jetzt, als ob sie beobachtet wurde? Sie sah zu den Menschen, die sich versammelt hatten, um das Feuer zu beobachten. *Bist du einer von ihnen?* Sie zitterte trotz der Hitze des Feuers und fühlte, wie Erschöpfung sie übermannte.

ER KONNTE SEINE AUGEN NICHT VON IHREM SCHÖNEN GESICHT nehmen – so müde und ängstlich. *Es ist fast vorbei*, dachte er. *Bald, mein Schatz.* Er konnte sehen, dass sie gebrochen war, selbst von hier aus war ihre Körpersprache hoffnungslos. Er konnte sich vorstellen, wie sie sich ihm hingab und das Messer, das in ihren Körper gleiten würde, begrüßte. Ihre schönen rosaroten Lippen würden sich öffnen und sie würde ihn mit schmerzverzerrtem Blick ansehen, während er immer wieder auf sie einstach. Ihr letzter Atemzug, der Geruch ihres salzigen Blutes ...

Bald, Isabel, bald. Stunden statt Tage. Er gestattete sich die Fantasie, jetzt auf sie zuzugehen und vor Sam und der Polizei eine tödliche Klinge in ihren Bauch zu treiben. Sie würden ihn erschießen, daran hatte er keinen Zweifel, aber das interessierte ihn nicht. Isa würde mit ihm in den Tod gehen. Aber nein. Er hatte einen Plan und bis jetzt lief alles genau wie vorgesehen.

Alles.

ISA SAH SIE ZUERST. DER RAUCH DES FEUERS HING TIEF ÜBER der Straße und anfangs wusste sie nicht, was sie sah. Sie ging zur Tür des Krankenwagens und blinzelte in die Dunkelheit. Dann warf sie einen Blick über die Schulter auf Sam, der mit den Sanitätern sprach, und schlüpfte auf die Straße.

Casey trug ein Nachthemd und die hellblaue Seide war vom

Rauch befleckt. Sie starrte verwirrt, ungläubig und verzweifelt ins Feuer. Isa zögerte und berührte ihren Arm.

„Casey?"

Casey drehte sich zu ihr um. „Isa." Sie sagte ihren Namen noch einmal flüsternd. Ihre Augen schienen nichts zu sehen. Sie berührte Isas Gesicht. „Bist du tot? Hat er es getan?"

Isa schluckte. „Nein ... Casey, warum bist du hier draußen? Du hast keine Schuhe an."

Casey schüttelte den Kopf, als hätte sie es nicht verstanden. „Du solltest tot sein. Ich ..." Sie warf einen Blick auf das Feuer. „Wo ist Paul?"

„Das wissen wir nicht, Casey."

„Wo ist er? Wir waren ... er wollte dich töten. Heute Abend. Dann sollten wir weggehen. Ich habe ihn dazu überredet. Er wollte dich erstechen. Er hat mir das Messer gezeigt. Dann wollte er Sam für mich erschießen. Ihr solltet inzwischen beide tot sein. Tot. Wo ist er? Bist du tot? Bin ich tot?"

„Warte, Paul wollte mich töten?"

Casey lachte kurz auf. „Nein, nicht Paul, du verdammte Idiotin, dieser erbärmliche Trottel wollte dich nur ficken ..."

Ihre Augen schauten jetzt von Isa zum Feuer und wieder zurück. Dann starrte sie über ihre Schulter. Isa drehte sich um und erwartete, dass jemand mit einem Messer auf sie zukam. Obwohl Casey nicht bei Sinnen war, ließ die ruhige Art, wie sie über Isas Ermordung und Sams Tod sprach, sie vor Übelkeit zittern.

Sie atmete erst wieder, als sie sah, dass es Sam war.

„Isa, was ist los?"

Sie schüttelte den Kopf. „Ich weiß es nicht. Sie ist ganz benommen." Sie wandte sich wieder Casey zu, die in die Flammen starrte.

„Er wollte mich zurücklassen. Aber ich habe ihn überredet. Ich habe ihn dazu gebracht, mich zu lieben. Er würde alles besser machen. Besser."

Sam nahm Casey bei den Schultern. „Wer, Casey? Wer ist es?"

Ihre Augen wirkten verrückt, als Casey zu Isa, ihrer Erzfeindin, blickte. „Wie fühlt es sich an? Wie fühlt es sich an, so schön zu sein? Wie fühlt es sich an, wenn jemand dich so sehr liebt, dass er für dich sterben würde?"

Isa sagte nichts. Sam kam, stellte sich neben sie und legte einen Arm um sie. Casey sah ihn mit einem halben Lächeln an.

„Wie wird es sich anfühlen, wenn du zusiehst, wie sie verblutet, Sam?" Sie wartete nicht auf eine Antwort, sondern ging auf das Feuer zu. Sam trat vor, aber es war Isa, die sie aufhielt. Casey schaute auf Isas Hand auf ihrem Arm. Sie starrte sie mit Tränen in den Augen an.

„Es ist nicht fair. Warum bekommst du alles, was du willst? Wo ist mein Happy End?"

Isa war jetzt wütend. „Du verdorbene, bösartige Schlampe. Denkst du, dass es ein Happy End ist, meinen Bruder ermordet zu sehen? Dass es ein Happy End ist, von dir zu erfahren? Oder mit der Tatsache zu leben, dass mich jemand abschlachten will? Fick dich, Casey."

Casey lachte, weil sie wusste, dass sie Isa unter die Haut ging.

Isa ballte die Hände zu Fäusten. Sam trat mit aufgebrachtem Gesicht zwischen die beiden Frauen.

„Casey, geh nach Hause. Ich bin sicher, dass die Polizei später mit dir sprechen will."

In der Nähe des brennenden Hauses herrschte Aufregung. Männer schrien. Mike Hamill, der leitende Detective, kam erschöpft und mit angespanntem Gesicht zu ihnen gelaufen. Sam trat vor.

„Mike?"

Mike holte tief Luft. „Wir haben zwei Leichen gefunden. Eine ist offensichtlich Carter – wir glauben, dass er schon vor der Explosion tot war. Die andere ist zu stark verbrannt, um sie zu identifizieren."

Casey schrie. Sie rannte auf das Feuer zu, aber Isa und Sam packten sie. Sie kämpfte, schluchzte und heulte, während sie um sich trat und biss.

„Nein, nein! Er ist nicht weg. Er ist nicht weg, nein! Nehmt eure verdammten Hände von mir."

Sie trat Isa hart in den Bauch und attackierte sie.

„Verdammte Schlampe! Du solltest tot sein, nicht er! Ich bringe dich um. Ich werde dein Herz herausreißen. Nein! Nein!"

Mike schleppte sie zu einem Streifenwagen und schob sie, immer noch schreiend, hinein. Er forderte einen jungen Polizisten auf, sie auf das Revier zu bringen, und kam dann zurück, um zu sehen, ob er ihnen helfen konnte. Sam eilte mit besorgten Augen zu Isa. Sie lächelte ihn an und zuckte ein wenig zusammen. „Mir geht es gut."

Sam zog sie in seine Arme. „Es tut mir so leid", flüsterte er und sie nickte.

„In Ordnung."

Mike Hamill räusperte sich unbeholfen. „Tut mir leid. Hören Sie, wir müssen auf dem Revier eine Befragung durchführen. Können Sie beide direkt dorthin fahren? Sind Sie verletzt?"

Sie schüttelten beide den Kopf und Mike wies ihnen die Richtung. Sam nahm Isas Hand. „Ich weiß, dass du dein Auto hast, aber kann ich einen meiner Männer beauftragen, es zu meiner Wohnung zurückzufahren? Ich würde gern zusammen mit dir zum Revier fahren – vergib mir, dass ich dich in dieser Nacht nicht aus den Augen lassen will."

Isa willigte ein und als sie hinten in seiner Limousine saßen und sein Leibwächter Ken fuhr, hielt Sam sie fest.

„Es tut mir so leid, dass ich dir nicht von Casey erzählt habe", sagte er leise. „Ich glaube, ich wollte nicht, dass meine Vergangenheit mein neues Leben mit dir beeinflusst."

Isa sah ihn schief an. „Nun, das hat ja wunderbar funktioniert, was?" Sie grinste plötzlich und Sam lachte amüsiert.

„Ich weiß, ich weiß. Gott, was für ein Durcheinander."

Isas Lächeln verblasste. „Sam, hör zu. Ich habe das alles so satt. Vielleicht haben wir zu schnell geheiratet."

„Nein", sagte Sam mit zitternder Stimme. „Wir sollen zusammen sein, Isa, da bin ich mir sicher."

Sie sah zu ihm auf. „Das denke ich auch, aber wir müssen einen besseren Weg finden, um zu kommunizieren, wenn wir einander trauen wollen."

„Ich traue dir. *Du* hast noch nie etwas getan, um mein Vertrauen in dich zu erschüttern. Ich aber. Mein Gott, Isa, ich werde alles tun, um dein Vertrauen zurückzugewinnen."

Isa seufzte und lehnte ihren Körper an seinen. „Wir werden daran arbeiten. Ich schwöre, dass ich nicht zulassen werde, dass uns diese Sache auseinanderreißt."

Er küsste sie auf den Kopf. „Danke", flüsterte er und spürte, wie sie nickte.

Casey Hamilton starrte aus dem hinteren Fenster des Streifenwagens, als er sie zurück in Richtung Stadt brachte. Zack, der junge Beamte, der fuhr, warf einen Blick auf sie.

„Geht es Ihnen jetzt besser, Ma'am?"

Sie versuchte zu lächeln. „Ein Mann, den ich geliebt habe, ist tot. Der andere ist besessen von diesem kleinen Flittchen. Also, nein, Officer, nicht wirklich."

Zack war unbeeindruckt. „Aber Sie haben versucht, sie töten zu lassen, nicht wahr?"

Casey lächelte humorlos. „Und ich habe sogar dabei versagt. Oder besser gesagt, er hat mich im Stich gelassen."

„Wer ist er? Und warum hassen Sie Mrs. Levy so sehr?"

Casey seufzte. „Weil sie alles hat. Sie ist wunderschön, nett, klug und erfolgreich. Jeder liebt sie. Auch mein Ehemann …" Sie lachte humorlos und schüttelte den Kopf. „Ich habe noch nie so eine Liebe gesehen. Er hat mich nie so angesehen. Ich weiß nicht, wie sich das anfühlt. So gewollt zu sein und jemanden zu haben, der für mich sterben würde. Ich hasse sie, weil sie alles ist, was ich niemals sein könnte."

Zack schüttelte den Kopf. „Soweit ich weiß, verfolgt sie jemand seit fast einem Jahr und droht, sie umzubringen. Möchten Sie so leben?"

Casey zuckte mit den Schultern. „Je früher sie tot ist, desto besser fühle ich mich. Aber es sieht nicht so aus, als wäre das bald der Fall."

Zack schüttelte den Kopf. „Wer ist dann dieser *er*? Ihr Liebhaber, der Psychopath?"

Casey schwieg.

DIE ERSTEN TAGE NACH DEM BRAND WAREN SURREAL GEWESEN. Nachdem die Feuerwehr wieder gegangen war, hatten Sam, Isa und Zoe dabei zugesehen, wie die Leiche weggebracht wurde. Anonym in einem schwarzen Sack.

Später, zu Hause, hatte Isa eine Million Fragen an Sam gehabt, aber nur eine war von Bedeutung.

„Ist er es? Ist es Karl?" Die Hoffnung in ihren Augen hatte Sam tief getroffen. Er legte seine Arme um sie, als Cal ihn besorgt ansah, aber nickte: *Sag ihr die Wahrheit.*

„Das können wir nicht wissen. Die Polizei sagte mir, die Leiche sei männlich und groß, aber in einem entsetzlichen Zustand. Wir müssen warten, bis sie durch Zahnabdrücke oder DNA-Proben identifiziert werden kann."

Isa ließ sich nicht abschrecken. „Aber wer könnte es sonst sein? Er ist der Einzige ..." Ihre Stimme verstummte, als sie Sams Gesichtsausdruck sah. „Sam ... bitte. Bitte sag mir, dass er es ist."

Sam schluckte den Kloß in seiner Kehle hinunter. „Liebling, wir müssen warten. Ja, wahrscheinlich ist er es. Aber ich möchte absolut sicher sein. Das verstehst du doch, oder? Ich kann nicht riskieren, falsch zu liegen und unvorsichtig zu werden. Ich spiele nicht mit deinem Leben. Wir müssen warten."

Sie nickte, aber er konnte die Enttäuschung in ihren Augen sehen und litt mit ihr. Er wusste, dass sie nicht mehr viel Kraft hatte, um unter ständiger Todesangst weiterzuleben. Er zog sie in seine Arme. Jetzt konnten sie nur noch auf die formelle Identifizierung warten.

Isa wartete jeden Tag und sehnte sich danach zu hören, dass die Leiche im Feuer Karl war. Sam ließ sie immer noch nicht allein ausgehen. Sobald Zoe ihre Seite verließ, kam Sam. Isa versuchte, sich nicht durch ihre ständige und unerschütterliche Wachsamkeit genervt zu fühlen. Sie wusste, wie verängstigt Sam war, aber jeden Tag gab es etwas, das sie denken ließ, dass es wirklich vorbei war.

Ihre Schuldgefühle lasteten schwer auf ihr. Seb. Paul Carter. Sam konnte sehen, wie es sie quälte. Er setzte sich schließlich eines Tages zu ihr, nachdem sie wegen irgendeiner Kleinigkeit ausgeflippt war.

„Du hörst mir jetzt gut zu. Du bist nicht für alle verantwortlich. Du kannst nicht alle retten. Menschen treffen ihre eigenen Entscheidungen. Du bist nur für die Entscheidungen verantwortlich, die du triffst. Ich weiß, es wird einige Zeit dauern, aber du musst heute anfangen."

Sie sah verwirrt aus. „Womit, Baby?"

Er lächelte und küsste sie sanft. „Mit dem Loslassen, Liebling. Du musst die Vergangenheit loslassen. Weißt du warum?"

Sie lächelte. „Warum?"

„Wir haben eine Menge nachzuholen und verdammt viel zu leben."

Sie lachte, aber ihre Augen waren verwundert. „Sind wir für immer zusammen?"

„Darauf kannst du wetten."

Und schließlich glaubte Isa ihm.

Zwei Wochen vor Weihnachten, als sie auf dem Rückweg von der Stadt waren, brachte Sam Isa zu Zoes neuem Zuhause und fuhr danach zur Arbeit. Isa winkte ihm nach und ging hinein. Sie sah, wie Zoe aus dem Hinterzimmer kam, und lächelte ihre Freundin an. Dann sah sie ihren Gesichtsausdruck und fühlte, wie Angst durch sie schoss. „Was ist?"

Zoe, deren übliche Selbstsicherheit fehlte, war blass. „Ich weiß es nicht. Ich weiß nicht, wie sie reingekommen ist. Ich habe mich umgedreht und sie war da. Sie lässt mich nicht in ihre Nähe."

Isa runzelte die Stirn. „Wer? Wer ist wo?"

Zoe nickte in Richtung Hinterzimmer. Isa öffnete die Tür und keuchte. Casey saß auf dem Boden und sah von ihr weg. Überall war Blut, das an den Wänden, auf dem Boden und an den Theken verschmiert war. Vier Worte waren mit Blut geschrieben worden:

Du bist die Nächste.

Isa schluckte. Casey sang leise vor sich hin. Als Isa an ihre Seite trat, erkannte sie das Lied.

Good night, sleep tight, don't let the bed bugs bite...

Isa ging neben Casey in die Hocke und berührte mit der Hand ihre Schulter.

„Casey?"

Die andere Frau drehte sich um und lächelte, ohne sie wirklich zu sehen. Schockiert sah Isa, dass auf ihren Handgelenken Schnitte waren, allerdings nicht tief genug, um stark zu bluten. Zum ersten Mal hatte Isa echtes Mitleid mit der erbärmlichen Kreatur vor ihr. Sie legte ihre Arme um Casey, zog sie hoch, führte sie zur Couch und setzte sie hin.

„Zoe?"

Zoe kam zur Tür. Isa nickte zu Casey.

„Kannst du mir das Erste-Hilfe-Set und heißen Tee bringen?"

Zoe tat es und brachte ihr auch noch eine Schüssel mit warmem Wasser. Sie verzog das Gesicht, als sie Caseys verstümmelte Arme sah.

„Ich rufe Sam an", sagte sie leise. Isa nickte. Zoe drückte die Schulter ihrer Freundin und verschwand.

Isa reinigte sanft Caseys Handgelenke. Die andere Frau war so folgsam wie ein Kind. Isa arbeitete schweigend und untersuchte die Wunden an Caseys Handgelenken. Sie mussten nicht genäht werden, also wickelte Isa vorsichtig einen Verband darum. Sie hielt die Tasse Tee an Caseys Lippen und ließ sie trinken. Casey nippte an der heißen Flüssigkeit und sah dann Isa an. Ihre Augen waren feucht und rot, als sie sahen, wie sich ihre Feindin um sie kümmerte.

„Warum bist du so nett zu mir?" Ihre Stimme war ein Flüstern. Isa war von der Frage überrascht und spürte, wie ihr Gesicht rot wurde. „Ich habe versucht, dich umbringen zu lassen."

„Ehrlich? Weil ich glauben möchte, dass du nicht nur schlecht bist. Ich möchte glauben, dass du einfach nur von diesem Bastard verführt wurdest, dass er dir etwas versprochen hat, was du brauchst. Ich weiß nicht, was. Ich habe es nie gewusst. Ich gebe nicht vor, dich zu verstehen, Casey, oder zu verstehen, warum du mich so hasst. Aber ich werde nicht zulassen, dass er noch mehr Leben ruiniert. Casey, sieh mich an."

Casey sah zu ihr auf, als Sam an der Tür erschien. Isa schüttelte ihren Kopf, als er seinen Mund öffnete, um zu sprechen. Sie wandte sich wieder der anderen Frau zu.

„Casey, lebt Karl noch? Hast du ihn gesehen?"

Casey sah sie an und lächelte.

ISA WISCHTE DAS LETZTE BLUT VON DEN WÄNDEN. SAM KAM zurück ins Zimmer, als sie das Schmutzwasser in die Spüle schüttete. Sie lächelte ihn an.

„Geht es ihr gut?"

Sam schüttelte den Kopf. „Ich weiß nicht, Liebling. Sie ist ziemlich durcheinander, aber ich darf keinen Arzt rufen. Ich kann sie nicht zwingen, also habe ich sie nach Hause gebracht und Halsey angerufen. Er wird sie morgen früh befragen."

„Ich glaube nicht, dass sie sich umbringen wollte."

„Nein."

Sie bemerkte, dass sein Gesicht gestresst war. „Hey ..." Sie legte ihre Arme um ihn. „Es ist okay, Baby. Nach allem, was in den letzten Monaten passiert ist, ist das nichts. Es klingt seltsam, aber ein bisschen Blut an den Wänden ..."

Sie schlang ihre Arme um seine Taille und küsste ihn. Er erwiderte den Kuss und sie spürte, wie er sich in ihren Armen entspannte. Er seufzte und vergrub sein Gesicht in ihren Haaren.

„Glaubst du ihr?", murmelte er.

„Dass Karl tot ist? Ich weiß es nicht. Ich weiß es wirklich nicht. Ich hoffe es aber."

Sam nickte, sah auf seine Uhr und lächelte. „Sieh dir das an. Es ist dir gelungen, einen ganzen Tag zu verschwenden. Komm schon, ich bringe dich nach Hause."

Sams Handy summte. „Levy."

Isa sah zu, wie sich sein Gesicht aufhellte. Er grinste sie an. „Ja, danke. Wir werden gleich da sein. Ja. Bis dann."

Er klappte sein Handy zu. „Das war Halsey. Er hat uns etwas zu erzählen."

Isa fühlte sich, als würde sie durch Molasse wandern – langsam, verwirrt und doch ...

„Sind Sie sicher?"

John Halsey grinste Sam an, der lächelte und den Kopf schüttelte. „Ja, Isa, wir sind sicher. Karl Dudek ist tot. Die DNA, die wir gefunden haben, gehört ihm. Wir glauben, dass er Paul Carter ermordet und das Haus angezündet hat. Aber dabei hat er einen Fehler gemacht und es kam zur Explosion. Er ist tot."

Isa war noch eine Sekunde still und brach dann in Tränen aus. „Es ist vorbei? Es ist wirklich vorbei?"

Sam zog sie in seine Arme. „Ja, wirklich, Liebling. Endlich bist du in Sicherheit." Er klang, als ob er es selbst nicht ganz glaubte. All die Monate der Anspannung und Trauer strömten aus Isa. Hinter ihnen hörte sie, wie Zoe anfing zu weinen. Detective Halsey tätschelte Sams Schulter. „Ich gebe Ihnen etwas Privatsphäre."

Isa winkte Zoe zu ihrer kleinen Gruppe und die drei umarmten sich, bis Isa schließlich aufhörte zu schluchzen. Sie wischte sich mit dem Handrücken das Gesicht ab.

„Es tut mir leid, es ist nur ..."

„Du musst nichts erklären oder dich entschuldigen. Wir wissen Bescheid", sagte Sam leise.

Zoe strich die Haare ihrer Tochter hinter ihr Ohr. „Wir können jetzt mit dem Wiederaufbau beginnen. Wir alle", sagte sie spitz, starrte sie beide an und brachte sie zum Lachen. Sam nahm Isas Hand und zog den Ehering, den sie zurückgelassen hatte, aus seiner Tasche. „Darf ich?"

Sie nickte und er ließ ihn wieder auf ihren Finger gleiten. Sam hielt ihren Blick. „Ich liebe dich, Isa, und ich verspreche dir, dass es von jetzt an keine Geheimnisse und Lügen mehr gibt."

Isa beugte sich vor, um ihn zu küssen. „Klingt gut."

Isa schob das Blech mit den Keksen in den Ofen und stellte den Timer. Die Küchentheken waren voller Kuchen und Keksen, die sie an diesem Morgen gebacken hatte, und die Küche roch herrlich nach Zimt, Muskatnuss und Nelken. Isa stellte die Rührschüssel in die Spüle und gab Spülmittel hinein. Während sie sie reinigte, schaute sie auf den schneebedeckten Garten. Sie hatte begonnen, sich wieder wie sie selbst zu fühlen.

In den drei Monaten, seit Karl Dudeks Leiche gefunden worden war, hatte sich ihr Leben erneut verändert. Sam hatte ihr perfektes neues Zuhause auf einer der Inseln gefunden. Er kannte Isas Vorliebe für Gemütlichkeit anstelle von Luxus. Ihr war ein Einfamilienhaus lieber als die Villa eines Milliardärs, also fand er das perfekte – wenn auch sehr große – Haus im Cape-Cod-Stil mit einem großen Garten und einem kleinen Bootshaus an der Ecke des Grundstücks, das direkt am Wasser lag. Isa hatte sich sofort in den Ort verliebt und innerhalb von zwei Wochen waren sie eingezogen. Zoe und Cal blieben beide in der Stadt, waren aber häufige Besucher.

Und es gab noch einen weiteren Grund, warum sie dieses Haus liebte. Hinter ihrem großen Grundstück befand sich die Privatschule, die Seb besucht hatte, und Zoe und Isa hatten sich mit dem Schulleiter Bill angefreundet. Isa fühlte sich schuldig, weil sie ihn so lange nicht mehr gesehen hatte, und nun plante sie, ihm ein paar selbstgebackene Kekse zu bringen.

Isa genoss ihr neues Leben. Jedes Mal, wenn sie Sam sah, erinnerte sie sich, dass sie ihn für immer hatte, und ihr Herz fühlte sich an, als würde es platzen. Tagsüber redeten und lachten sie und wenn sie nicht arbeiteten, verbrachten sie jede freie Minute zusammen. Nachts verbrachten sie Stunden damit, sich zu lieben. Im ganzen Haus und manchmal auch draußen: gegen einen Baum im Wald gelehnt, auf dem Steg in der Bucht oder mitten auf dem Footballfeld. Isa lächelte vor sich hin. Das war vor zwei Nächten gewesen, bei Vollmond und bitterer Kälte, aber sie schwitzten beide, als sie sich voneinander lösten. Danach lagen sie nebeneinander und bewunderten ihre Körper im surrealen, blassen Mondlicht. So still, so leise. In diesem Moment glaubte Isa, die Welt sei wirklich verschwunden.

Sie machte sich Tee, ging ins Wohnzimmer und grinste vor sich hin, als sie sich die Weihnachtsdekorationen ansah, die sie gestern aufgestellt hatten. Sam hatte die Augen verdreht, als er eine Lichterkette nach der anderen aus dem Pappkarton zog, den sie aus der Stadt mitgebracht hatte. Sie hatte darauf bestanden – hauptsächlich, um ihn zu ärgern –, jede einzelne Dekoration zu verwenden, die sie hatte. Das Resultat würde keinen Design Award gewinnen, aber es gefiel ihr. Es machte einfach so viel Spaß und die Tatsache, dass sie es mit Sam tun konnte ... mit ihm zusammenzuleben war so mühelos und natürlich. Sie drehte eine der glitzernden Kugeln am Baum und Lichtreflexe funkelten durch das Zimmer. *Wir sollten uns einen Hund zulegen*, entschied sie. Sie würden nach Weihnachten ins Tierheim gehen und endlich anfangen, ihre Familie zu gründen.

Das Telefon klingelte. „Hallo?"

„Hey, Schatz."

Sie lächelte. „Hey, Baby, alles in Ordnung?"

Sam lachte. „Ja, mir geht es gut. Ich will gerade zur Fähre. Gehst du bald zur Schule?"

„Äh, sobald die Kekse fertig sind."

Sam zögerte. „Lass deine Waffe in deiner Handtasche, okay?"

Isa lächelte vor sich hin. Obwohl die Gefahr überwunden war, war Sam immer noch besorgt und bestand darauf, dass sie das Schießen erlernte. Sie hatte sich erst geweigert und dann nachgegeben. Es schadete nicht und wenn es dazu führte, dass Sam sich besser fühlte …

„Schatz, ich bin nicht sicher, ob es eine gute Idee ist, eine Waffe in eine Schule zu bringen. Auch wenn die Schule geschlossen hat. Bill könnte denken, dass ich verrückt geworden bin."

Er lachte. „Ja. Richtig, tut mir leid."

„Baby, die Schule ist auf der anderen Seite des Footballfelds. Freie Sicht. Ich kann sehen, was kommt. Mir passiert nichts, keine Sorge."

Er seufzte. „Okay. Nun, ich werde so schnell wie möglich zurück sein. Ich liebe dich."

„Ich liebe dich auch. Hier wartet etwas Warmes und Süßes auf dich."

„Kekse?"

„Nein."

Er lachte und verabschiedete sich.

Louisa wusste, dass Cal etwas vor ihr versteckte, sobald sie ihn sah. Er trat beiseite, um sie in die Wohnung zu lassen, und sie trat ein – und blieb stehen. „Was? Was ist das?"

Er schüttelte den Kopf. „Nichts."

Sie sah sich in der Wohnung um. „Ziehst du aus?"

Überall waren Schachteln mit seinen Sachen und gekritzelte Adressen. Sie erkannte die Adresse eines Lagerhauses. „Cal, was ist hier los?"

Cals Lippen spannten sich an. „Ich gehe nur eine Weile weg."

Louisa starrte ihn an. „Das hast du noch gar nicht erwähnt."

„Nein."

Louisa schüttelte den Kopf. „Na gut. Weihnachten scheint nur eine seltsame Zeit dafür zu sein. Ich dachte, wir würden Weihnachten mit Zoe, Sam und Isa verbringen."

Eine Sekunde lang sah sie etwas in seinen Augen aufblitzen, als sie Isas Namen erwähnte. „Oh, Cal. Du bist immer noch nicht über sie hinweg."

Cal lachte verlegen. „Über wen? Es gibt niemanden, über den ich hinwegkommen muss, Louisa. Das sage ich dir immer wieder."

Louisa legte eine Hand auf seinen Arm. „Cal, bleib bis nach Weihnachten."

„Das wird nicht funktionieren, Louisa." Er wandte sich von ihr ab. „Lass es einfach. Bitte."

„Hör zu, diese Familie ist seit ein paar Monaten praktisch meine und ich bin egoistisch und möchte, dass wir alle zusammen sind."

Cal lachte erneut und sie konnte die Anspannung in seinem Rücken sehen. „Louisa, nur weil du Seb ein paar Mal gefickt hast, heißt das nicht, dass du ein Teil dieser Familie bist. *Ihrer* Familie. Lass uns ehrlich sein – du und ich sind beide überflüssig." Er blickte mit kalten Augen zu ihr. „Ich weiß, wovon ich spreche. Ich war schon viele Male in dieser Situation."

Die Bitterkeit und Bosheit in seiner Stimme erschütterten sie zutiefst. Hatte er etwa gehofft, dass Isa ihre Liebe von Sam zu Cal verlagern würde? Das war verrückt. Sie wusste, dass Cal sie unterstützt hatte, als Sam und Isa sich getrennt hatten, aber ...

„Cal, du kannst nicht gedacht haben, dass ..."

„Was?" Seine Augen waren voller Wut. „Dass ich nicht benutzt wurde? Natürlich wurde ich das. Das werde ich immer. Von Isa, von Sam, von dir. Das ist alles, wofür ich gut bin, nicht wahr? Ich bin immer derjenige, von dem erwartet wird, dass er für alle da ist, aber niemand fragt, ob es mir gut geht."

Er klingt wie ein verwöhntes Kleinkind, dachte Louisa, *ein verwöhntes, krankhaft eifersüchtiges Kleinkind.* „Cal, hör zu, lass uns mit Zoe reden, ich bin sicher ..."

„Nein!" Sein Brüllen brachte sie zum Schweigen. Cal atmete tief durch. „Es tut mir leid, Louisa. Bitte geh einfach."

Sie nickte und drehte sich zum Gehen um. Ihr Mantel verfing sich an einer Schachtel auf dem Tisch und riss sie zu Boden. „Oh Gott, tut mir leid."

Cal schob sie aus dem Weg, um zu dem verschütteten Inhalt der Schachtel zu gelangen. „Geh."

Louisa bückte sich und hob ein Portemonnaie auf, das aus der Schachtel gefallen war. Es hatte sich geöffnet und als sie es Cal hinhielt, sah sie das Foto und den Namen auf dem Führerschein.

Karl Dudek.

Ihr ganzer Körper wurde kalt. Sie sah zu Cal, der sie voller Wut und Resignation anstarrte.

„Warum bist du nicht einfach gegangen?", sagte er leise. Louisa war entsetzt, als sie das Messer in seiner Hand sah.

„Mein Gott. Du warst es die ganze Zeit." Du." Sie wich zurück, aber Cal war zwischen ihr und der einzigen Tür nach draußen. Sie schrie und dann war Cal auf ihr. Er presste seine Hand auf ihren Mund und das Messer drang tief in ihren Bauch. *Oh nein, nein, Gott, nein ...* Cal lächelte, als er auf sie einstach und sie zu Boden fiel. Der Schmerz war unerträglich.

„Ja, Louisa, ich war es. Ich habe Seb und Paul Carter und Karl Dudek getötet. Und jetzt töte ich dich und später werde ich Isa erstechen. Du kannst mich nicht aufhalten."

In den Sekunden, bevor sie vor Schmerz ohnmächtig wurde, versuchte Louisa zu sprechen und mit ihm zu reden, aber dann kam die Dunkelheit...

Isa hörte den Timer klingeln und holte ihre Kekse aus dem Ofen. Eine halbe Stunde später ging sie zu der Schule. Der Schnee knirschte unter ihren Stiefeln, während sie das Feld bis zur Baumgrenze überblickte. Trotz ihrer Tapferkeit vor Sam fühlte sie sich nervös und paranoid. Eine Bewegung in den Bäumen ließ sie anhalten und Adrenalin schoss schmerzhaft durch ihre Adern. Sie starrte in den Wald. Von einem der langen Tannenzweige fiel ein Schneeklumpen. Isa atmete erleichtert aus, warf einen Blick zurück zu ihrem Haus und dachte darüber nach, in seine warme Sicherheit zurückzukehren. Sie war jetzt allerdings näher an der Schule, also ging sie schneller. Sie fühlte sich dumm deswegen, aber sie war dankbar, als sie das offene Schultor sah.

Die Schule hatte während der Ferien geschlossen, aber Isa wusste, dass der Leiter, der in dem kleinen Häuschen auf dem Campus wohnte, auch an Heiligabend arbeiten würde. Sie klopfte an seine Bürotür.

„Isa! Nun, das ist ein Besuch, über den ich mich sehr freue. Kommen Sie herein." Bill Patrick, ein großer Mann in den Sechzigern, lächelte sie an. Isa lächelte ein wenig schüchtern und bot ihm die Dose an, die sie in der Hand hielt.

„Das Ambrosia der Götter." Bill bedeutete ihr, sich zu setzen. „Vielen Dank. Ich habe Sie sehr vermisst, meine Liebe."

„Es tut mir leid, Bill, ich hätte früher vorbeikommen sollen."

Der Schulleiter lächelte sie an. „Ich verstehe es, Isa. Seb hat hier ein riesiges Loch hinterlassen, also kann ich mir kaum vorstellen ... Und es tut mir leid zu hören, was Ihnen vor ein paar Wochen passiert ist. Wie furchtbar."

Seine Güte ließ Tränen in Isas Augen steigen und sie blinzelte sie weg und sah aus dem Fenster. Sie räusperte sich.

„Es ist Heiligabend, Bill, und Sie arbeiten noch. Sie werden Ärger mit Marilyn bekommen."

Er lachte. „Sie ist daran gewöhnt. Außerdem wollte ich gleich gehen."

Isa stand auf. „Dann werde ich Sie nicht aufhalten."

Er winkte ab. „Unsinn. Trinken Sie einen Tee mit mir. Ich versuche, höflich zu sein, aber der Duft dieser Kekse macht mich verrückt."

Sie lachte, nahm Platz und öffnete die Dose. „Ich erinnere mich, dass Sie Haferflocken-Rosinen-Kekse immer Schokoladenkeksen vorgezogen haben."

Bill nahm einen Keks und ging zu dem kleinen Kessel, den er in seinem Büro hatte. „Erst Tee. Dann können Sie mir alles erzählen, was passiert ist."

Sam machte früh Feierabend und war dankbar, dass einige seiner Meetings erst nach den Feiertagen stattfinden sollten. Er hasste es, jetzt von zu Hause weg zu sein, weg von Isa. Er hatte keine Angst mehr um ihre Sicherheit – obwohl er immer noch darüber nachdachte. Er wollte einfach nur so viel Zeit wie möglich mit ihr verbringen.

Er ging zu einer örtlichen Buchhandlung, um ein paar ihrer Weihnachtsgeschenke zu kaufen, und nahm dann die nächste Fähre nach Hause. Er stand auf dem bitterkalten Deck, schaute auf die Insel und erinnerte sich an den Tag vor all den Monaten, als er beschlossen hatte, die Fähre zu Zoes Galerie zu nehmen, anstatt zur Arbeit zu gehen. Damals hatte er Isa in dieser Galerie kennengelernt. Himmel, sein ganzer Körper hatte auf sie reagiert, auf diese dunklen Augen und dieses Lächeln. Die offensichtliche animalische Anziehungskraft zwischen ihnen. Dann waren sie in ihre winzige Wohnung über der Garage gegangen und hatten sich leidenschaftlich geliebt. Sam räusperte sich und musste seinen Mantel enger um sich ziehen, um seine körperliche Reaktion zu verbergen, wenn er nur an sie dachte.

Er nahm ein Taxi vom Hafen zum Haus. Isa war immer noch draußen und er konnte ihre Fußspuren im Schnee zur Schule sehen. Er lächelte. Die Nähe der Schule zum Haus würde sich als nützlich erweisen, wenn sie ihre eigene Familie gründeten.

Er fand ein paar noch warme Kekse, die Isa für ihn zurückgelassen hatte, und ging mit ihnen und einem großen Glas Milch in sein Arbeitszimmer.

Er schaltete das Radio ein. Das Wetter verschlechterte sich und er schaute aus dem Fenster zum Himmel, der immer dunkler wurde.

Die leichte Bewegung hinter ihm bemerkte er erst, als etwas Schweres seinen Kopf traf und er bewusstlos zu Boden ging.

Cal stand schwer atmend über seinem Bruder. Er würde Sam wie geplant zum Bootshaus bringen und warten, bis Isa ihn fand. Dann würde er sie langsam und qualvoll töten.

Isa hatte das Gefühl, die letzte Stunde mit dem Weihnachtsmann verbracht zu haben. Bill war so warmherzig und einfühlsam. Sie wusste nicht, was es hieß, einen Vater zu haben, aber sie fand, dass Bill ein wunderbares Vorbild und ein guter Beschützer war. Sie wusste, dass Bill und seine Frau Marilyn keine eigenen Kinder hatten, und war traurig für sie. Sie winkte ihm zu, als sie über das schneebedeckte Feld zurückging.

Die Temperatur war gesunken, der Himmel war dunkel und ein eiskalter Nebel hatte sich auf dem Boden niedergelassen. Sie trottete in ihren eigenen Fußspuren zurück, begierig darauf, in die Wärme des Hauses zurückzukehren. Sie sah auf die Uhr und seufzte. Sam würde noch ein paar Stunden weg sein. Sie beschloss, noch mehr Kuchen und Kekse einzupacken, in die Stadt zu fahren, Zeit mit Zoe zu verbringen und Weihnachten zu planen. Sie erreichte das Tor und wollte es gerade öffnen, als sie die Spuren sah. Fußabdrücke im Schnee, die um das Haus führten. Sie runzelte die Stirn und sah sich um. Nur ihr Truck stand draußen und war mit einer dicken Schneedecke überzogen. Sie starrte auf die Spuren und begann, ihnen zu folgen.

„Sam?", rief sie. „Baby?" Nichts. Sie blieb stehen und überlegte, ob sie den Spuren weiter folgen oder in das warme Haus gehen und Sam anrufen sollte. Sie kaute auf ihrer Unterlippe. Wenn sie in Gefahr war ... sie sah sich um und lauschte der Stille. Dann traf sie eine Entscheidung, rannte ins Haus und suchte die kleine 22-Kaliber-Pistole aus ihrer Handtasche. Sie war weg. Ihr Herz schlug gegen ihre Rippen. Was zum Teufel war hier los?

Sie riss die Tür auf und ging wieder nach draußen, um den Spuren zu folgen. Es gab eine Reihe unterschiedlicher Fußabdrücke – von der Größe her mussten sie von Männern sein – und es sah so aus, als wäre neben ihnen etwas durch den Schnee gezogen worden. *Der Lieferbote vielleicht*, dachte Isa, aber ihr Herz schlug unangenehm schnell. Die Spuren führten um das Haus herum und zur Küste hinunter. Isa atmete jetzt stoßweise, als die Angst in ihr wuchs.

Dann sah sie das Blut. Nicht viel, nur ein paar Tropfen in unregelmäßigen Abständen entlang der Spuren. Nach ein paar Metern blieb Isa stehen und schloss die Augen. Vor ihr war das Bootshaus. Die Tür war aufgerissen und die Fußspuren führten hinein. Galle stieg in Isas Kehle auf. Die Stille in der Luft um sie herum ließ ihr Herz wie eine Trommel klingen, als sie in das Bootshaus ging. Dann sah sie ihn. Jeder Muskel in ihrem Körper erschlaffte und sie fiel auf die Knie.

Sein Gesicht hing im Wasser, seine Hände waren hinter seinem Rücken gefesselt und er hatte eine klaffende Wunde am Hinterkopf.

Sam.

. . .

ALS SIE ZU BEWUSSTSEIN KAM, KROCH LOUISA ZUM TELEFON und umklammerte mit den Händen die Stichwunden, die Cal ihr zugefügt hatte. Oh Gott, der Schmerz war unerträglich, aber sie musste sich zusammenreißen. Was auch immer Cal ihr angetan hatte, er würde Isa noch viel mehr quälen. In seinen Augen hatte sie Wahnsinn und völlige Besessenheit gesehen.

Zoe meldete sich beim ersten Klingeln und Louisa erzählte ihr alles, so gut sie konnte. Zoe blieb ruhig, obwohl ihre Stimme zitterte.

„Halte durch, Louisa, Hilfe ist unterwegs. Ich bin gleich bei dir."

ISA RANNTE ZU SAM. IHRE FINGER PACKTEN SEIN HEMD UND zerrten ihn aus dem Wasser auf den gefrorenen Schlamm. Er war blau angelaufen, seine Augen waren geschlossen und er reagierte nicht. Tot.

„Nein, nein, nein, nein …"

Sie neigte ihren Kopf zu seinem Gesicht, konnte aber nichts hören. Kein Atemzug, kein Leben. Als sie Sam auf die Seite drehte und auf seinen Rücken klopfte, um das Wasser aus seiner Lunge zu bekommen, bemerkte sie, dass sie schrie. Panik, Trauer, Wut. Sie hämmerte wieder auf Sams Rücken und keuchte, als er einen Schwall Wasser ausspuckte.

„Oh mein Gott, Sam." Sie schluchzte, als sie ihn in ihre Arme zog und verzweifelt versuchte, ihn zu wärmen. Er hustete heftig, bevor er ihren Namen keuchte und bewusstlos wurde. Sie drückte ihn an sich und hörte ihn atmen. „Bitte wach auf, Baby, bitte. Sag mir, wer dir das angetan hat."

Dann hörte sie Schritte und ein leises, boshaftes Kichern hinter sich. *Nein ... nein, das kann nicht sein.*

„Hallo, Isa."

Sie schloss die Augen und küsste Sam sanft. Dann legte sie ihn vorsichtig zurück auf den Boden, weit weg vom Wasser, und drehte sich zu ihrem Peiniger um. Sie hätte es wissen müssen. Sie hätte es ahnen sollen. Cal richtete ihre eigene Pistole auf sie und lächelte.

„Zeit zu sterben, meine Schöne."

LOUISA KONNTE FÜHLEN, WIE DAS LEBEN AUS IHR WICH, ALS DIE Sanitäter sie versorgten. Sie konnte nicht sprechen, nicht schreien und ihnen nicht mitteilen, dass sie Isa und Sam suchen und beschützen mussten.

Als alles vor ihren Augen verschwamm, hörte sie plötzlich eine vertraute, entsetzte Stimme, die ihren Namen rief.

Zoe.

Sie streckte eine Hand nach der Stimme aus und spürte, wie Zoes warme Hand ihre ergriff und ihre Tränen auf Louisas Gesicht tropften. „Oh, Louisa."

Louisa beschwor ihre letzte Kraft. „Zoe. Es ist Cal ... Cal wird sie töten. Rette sie... rette sie ..."

Das Letzte, was Louisa hörte, bevor sie wieder bewusstlos wurde, war Zoe, die sagte, dass sie sie liebte und dass sie Sam und Isa retten würde. Auch wenn es sie selbst umbringen würde.

. . .

CAL STÜRZTE SICH AUF SIE UND ZOG SIE VON SAMS KÖRPER weg. „Es ist nicht nötig, dass mein geliebter Bruder herausfindet, wer seine schöne Frau getötet hat."

Er schleppte sie durch den Schnee zurück zum Haus. Ihre Stärke war seiner nicht gewachsen. Sie kämpfte gegen ihn und schrie den ganzen Weg, bis er schließlich die Geduld verlor und sie mit dem Griff der Pistole niederschlug. Dann nahm er sie in seine Arme und trug sie in den Keller, wo er sie umbringen würde. Er hatte ihn ausgeräumt und einen Stuhl mit Fesseln in die Mitte gestellt. Er setzte Isa darauf, schnitt das Oberteil ihres Kleides von der Kehle bis zur Hüfte auf und band sie fest. Lederriemen zogen sich über ihren Körper und das Dunkelrot auf ihrer dunklen Haut ließ Cal lächeln. Sie kreuzten sich unter ihren Brüsten, über ihrem Bauch und um ihre Hüften. Der Effekt war seltsam erotisch und Cal wurde hart. *Nein, halte dich an den Plan,* sagte er sich. Heute war der Tag, an dem Isabel Levy sterben würde. Langsam und qualvoll. Er zog einen Stuhl heran und wartete, wobei er mit dem Messer ein Muster um ihren tiefen Nabel zeichnete. Er konnte sich vorstellen, wie sein Messer darin versank und die Haut aufplatzte, wenn der Stahl hineinschnitt. Er fragte sich, ob sie schreien oder ihn anflehen würde aufzuhören. Er hoffte, dass sie um ihr Leben betteln würde.

Er hoffte es sehr.

SAM ÖFFNETE DIE AUGEN UND SEIN BLICK WURDE SOFORT unscharf. *Isa.* Isa hatte ihn gerettet. Der Schmerz in seinem Kopf war qualvoll, aber er suchte nach Anzeichen von ihr. Er wusste, dass sie dagewesen war. Er konnte ihr Parfüm riechen. Derjenige, der ihn von hinten geschlagen hatte, musste sehr stark sein, um seinen großen Körper zum Bootshaus schleppen zu können. Isa würde keine Chance gegen ihn haben. Sam taumelte auf die Füße und torkelte auf das Haus zu.

Ich komme, Baby, ich komme ...

CAL KONNTE SEINE AUGEN NICHT VON IHR NEHMEN UND dachte, dass er Sam und Karl nicht zum Vorwurf machen konnte, dass sie so verzaubert von dieser Frau waren. Dudek – ha, er hatte es genossen, diesen Schwächling zu foltern, bevor er ihn getötet hatte. Aber trotz allem war Karls Loyalität zu Isa nicht ins Wanken geraten. Er hatte ihn in einen kleinen Campingwagen auf einem Rastplatz an einem Highway gebracht, wo sonst niemand haltmachte. Dort gab es Strom für die große Gefriertruhe, die er erst letzte Woche installiert hatte. Er hatte gewusst, dass er Karls Leiche darin aufbewahren würde, bis er sie brauchte. Aber zuerst wollte er etwas Spaß haben.

„Ziehe dich aus."

Die Waffe wurde an seine Stirn gedrückt, aber Karl Dudek rührte sich nicht. Cal legte amüsiert den Kopf schief. „Glaubst du, du kannst mir ungehorsam sein, Idiot? Ausziehen." Karl starrte in die Augen des größeren Mannes und sah die Leere dort. Keine Menschlichkeit. Zitternd zog er sich aus und ließ seine Kleidung auf den Boden fallen.

Cal grinste. „Und deine Unterwäsche." Karl streifte seine Shorts ab und umklammerte schützend seine Genitalien. Cal deutete auf den Stuhl und Karl setzte sich.

„Du machst mir keine Angst." Karls Stimme war rau. Cal lachte und zog ein Taschentuch heraus, um die Schubladen in der Küche des

Wohnwagens zu öffnen. „Ich habe nichts, das es wert ist, mir weggenommen zu werden."

Cal drehte sich zu ihm um. „Nun, Karl, du erweist dir selbst einen schlechten Dienst." Er zog etwas aus einer Schublade und reichte es ihm. Ein Messer. Karl runzelte die Stirn und Angst breitete sich in ihm aus. „Du hast etwas, das ich sehr gerne haben möchte."

Karl starrte ihn verständnislos an. Cal setzte sich auf die Liege neben seinem Stuhl und richtete die Waffe auf ihn. „Schneide dir in den Finger. Tu es."

Karl gehorchte und schnitt in die Kuppe seines Zeigefingers. Cal schaute auf die Schränke neben ihm. „Schreibe: Es tut mir leid."

Langsam wurde Karl klar, was passieren würde. „Nein. Wenn du mich töten willst, wirst du mich erschießen müssen." Sein Gesicht war entschlossen. Cal lächelte seltsam sinnlich.

„Karl ... ich weiß, dass du willst, dass Isa in Sicherheit ist ... nicht wahr, Karl?" Er beugte sich vor, sodass er nur einen Zentimeter von Karls Gesicht entfernt war. Karl versuchte, nicht zu zeigen, wie ängstlich er war.

„Lass sie in Ruhe."

„Nun, das hast du nicht zu bestimmen, Karl. Denn am Ende der Nacht wird einer von euch tot sein. Und entweder tust du, was ich dir sage, und opferst dich für sie ... oder ich ramme ihr ein Messer in den Bauch. Ich werde sie töten und es wird nicht schnell gehen, Karl, das kann ich dir versprechen." Er lächelte freundlich.

Karl zitterte unkontrolliert. Er roch seinen eigenen Urin, der sich warm und stinkend auf dem Stuhl sammelte und auf den Boden tropfte. Cal sah ihn verächtlich an. Er deutete erneut auf die Schränke.

„*Schreibe.*"

Karl gehorchte. Sein ganzer Körper fühlte sich kalt und taub an. Cal beobachtete ihn, ohne zu blinzeln.

„*Jetzt*", *sein Lächeln erschreckte Karl,* „*weide dich aus.*"

Karl starrte ihn verständnislos an. Cal seufzte.

„*Schneide dich auf. Muss ich es noch einfacher erklären, Idiot? Entweder steckst du das Messer in deinen Bauch und schneidest ihn auf ... oder sie stirbt.*"

Cal wartete. **Karl schloss die Augen, murmelte ein Gebet und rammte die Klinge in seinen Bauch. Es war unglaublich qualvoll. Er schrie und Cal stopfte ihm einen öligen Lappen in den Mund, um ihn zum Schweigen zu bringen. Karl würgte und stieß das Messer tiefer in sich, während er Gott anflehte, ihn sterben zu lassen ...**

Als Karl Dudek sich umbrachte, lachte Cal, legte seine Lippen an das Ohr des Sterbenden und flüsterte. „*Du Narr. Du bist ein Idiot ... du kannst sie nicht retten, niemand kann das. Hör zu, Karl. Ich werde sie trotzdem töten ...*"

S<small>IE WUSSTE, DASS ES VORBEI WAR, ALS SIE IHRE</small> A<small>UGEN ÖFFNETE</small> und sah, wie sie gefesselt worden war. *Das ist es*, dachte Isa ruhig, *das ist das Ende.* Sie sah auf und hielt Cals Blick, ohne etwas zu sagen.

Er lächelte sie an. „Hey, meine Schöne."

Isa schwieg. Sie würde ihm nicht die Befriedigung geben. Sie hielt ihr Gesicht ruhig, trotz des Entsetzens, das sie spürte, als Cal ihr das Messer in seiner Hand zeigte.

„Du siehst heute Nacht so schön aus, Isabel. So wunderschön."

Stille. Cal lächelte und fuhr mit der Messerspitze über ihre Wange. „Niemand kommt, um dich zu retten."

„Fick dich." Ruhig. Gelassen.

Cal grinste – und sie sah, wie er den Griff des Messers fester umklammerte. Sie wartete auf den Schmerz.

„Isa!"

Eine Stimme aus der Ferne. Sams Stimme. Cal und Isa blickten einander an.

„Scheiße." Cal stand auf und plötzlich hatte Isa Angst, er würde Sam töten. *Nein, nicht noch mehr Opfer.* Aber Cal drehte sich mit einem Lächeln zu ihr um. „Schade. Ich wollte genießen, es langsam zu machen."

„Wie ich schon sagte", zischte Isa leise. „Fick dich." Dann holte sie tief Luft und schrie mit aller Kraft, die sie noch hatte. „Sam!"

Cal knurrte und stieß das Messer tief in ihren Bauch. Sie schnappte nach Luft. Der Schmerz war unvorstellbar, aber Cal hörte nicht auf und stach immer wieder auf sie ein, rasend und gnadenlos.

Isa konnte Blut schmecken – ihr Blut – und fühlte, wie ihr ganzer Körper kalt wurde, als sie verblutete. Cal drehte das Messer in ihrem Bauch und sie stöhnte, als der Stahl durch sie schnitt.

Sam ... Isabel Levys letzter bewusster Gedanke galt ihrer großen Liebe, ihrem schönen, wundervollen Mann. Ihr Tod würde ihn zerstören.

Sam ... es tut mir leid ... ich liebe dich ... ich liebe dich ... ich ...

. . .

Er hörte sie schreien und Adrenalin schoss durch Sams Körper, als er sich umwandte. Dann hörte er einen weiteren erstickten Schrei, einen Schrei der Qual.

Nein, das darf nicht passieren.

Karl Dudek war offiziell tot. Sie hätte in Sicherheit sein sollen. Sam stolperte durch das Haus und versuchte, ihre Stimme wieder zu hören, aber er hörte nur noch das Blut in seinen Ohren.

Cals Raserei beruhigte sich und er warf das Messer zu Boden und betrachtete, was er getan hatte. Isa bemühte sich zu atmen. Ihre schönen Augen waren schmerzerfüllt und verwirrt und ihr schöner Körper war von seinem Messer ruiniert. Sie würgte und hustete Blut und Cal lachte.

„Sam wird jede Sekunde hier sein. Und er wird wissen, dass er dieses Mal nicht gewinnt. Er ist so verdammt verrückt nach dir, dass es ihn zerstören wird. Dein Tod wird *alles* töten, was er ist. Er wird daran zerbrechen."

Er streichelte ihr Gesicht, schnitt ihre Fesseln durch und legte sie auf den Boden. Ihre Augen waren geschlossen und ihr Atem war jetzt schwach. Er bückte sich und küsste ihre noch warmen Lippen. „Leb wohl, schöne Isabel. Das ist wirklich das Ende."

Er ließ sie ausbluten und schlüpfte in die Schatten, weil er den Moment hören wollte, wenn Sam sie fand.

„Isa? Oh Gott, nein, nein, nein, nein, nein … bitte … Hilfe! Hilfe! Isa, bitte, nein …"

Cal hörte das Entsetzen und den Schmerz in seiner Stimme und lächelte. In ein paar Stunden würde er an seiner Seite sein, ihn trösten, den fürsorglichen Bruder spielen und ihm immer wieder sagen, dass sie niemals aufhören würden, nach Isas Mörder zu suchen.

Sam fiel neben ihr auf die Knie. „Nein ... nein ..." Er konnte nicht atmen. Isa. Sie war so still. Oh Gott, was sie durchgemacht haben musste, der Schrecken ... der Schmerz ...

Er zog sie an sich und sie stöhnte leise. Sie war am Leben. *Gott sei Dank ...*

„Baby? Ich bin hier. Bitte bleib bei mir ..."

Isa murmelte etwas und Sam versuchte, es zu verstehen, aber dann fiel ihr Kopf zurück und sie wurde ohnmächtig. Er suchte nach seinem Handy. Als er den Rettungsdienst anrief, konnte er seine Liebe nicht aus den Augen lassen. *Bitte, Gott, mach, dass ich nicht zu spät gekommen bin.*

Isa öffnete die Augen, sah ihn an und flüsterte etwas. „Ich liebe dich ..."

„Ich liebe dich auch, Baby, bitte halte für mich durch."

Sie nickte und versuchte erneut zu sprechen. Er beugte sein Ohr zu ihrem Mund.

Sie sagte ein Wort.

Cal.

Und mit diesem Wort brach Sams Welt zusammen.

SAM BAT CAL, IHN SPÄTER AM TAG IN DER WOHNUNG ZU treffen. Während er auf Cal wartete, durchflutete Ruhe seinen

Körper. Er konnte immer noch nicht glauben, was Isa ihm gesagt hatte. Ein Wort. *Cal.*

Konzentriere dich. Atme. Halte durch. Halsey wusste Bescheid und war auf dem Weg. Sam hatte im Krankenhaus mit ihm gesprochen und Halsey hatte gesagt: „Tun Sie, was Sie tun müssen."

Sam war ihm dankbar. Mehr als alles andere quälte ihn eine Frage: *Warum?*

Er schloss die Augen bei der Erinnerung daran, wie Isas blutender und gebrochener Körper still in seinen Armen lag.

„Bruder? Wo bist du?" Cal klang so ruhig und lässig. Sam sah auf, als Cal den Raum betrat.

„Was ist los? Du siehst schrecklich aus." So viel falsche Sorge.

Sam starrte seinen Bruder an.

„Isa ist tot."

Cal starrte ihn entsetzt an. „Was?"

Sam sah zu seinem Bruder. „Sie wurde ermordet. Ich habe sie gefunden. Oh Gott, so viel Blut."

Cal schüttelte den Kopf. „Nein, nein. Sam, ich bin so ... wie?"

„Mein Gott, Isa ..." Obwohl es nur gespielt war, gaben angesichts des Entsetzens über das, was geschehen war, Sams Beine nach und er sank schluchzend zu Boden. Cal eilte zu ihm und hielt seinen älteren Bruder fest, als er wie ein verwundetes Tier schrie. „Cal, wie kann sie tot sein? Warum sollte jemand ihr das antun? Mein Mädchen ... mein armes Mädchen ..."

„Verdammt, Sam, es tut mir so leid."

„Ich habe sofort einen Krankenwagen gerufen, aber die Sanitäter konnten sie nicht retten."

„Oh mein Gott."

Die beiden Brüder schwiegen, als Sam sich sammelte. „Bevor sie starb, hat sie mir etwas erzählt, Cal."

Cal schüttelte lächelnd den Kopf. „Was denn?"

„Sie hat mir erzählt, wer sie erstochen hat."

„Hat sie das?" Cal grinste und wusste genau, was er sagen würde.

Sam nahm still das selbstgefällige, allwissende, mörderische Grinsen seines Halbbruders in sich auf. Wie war das möglich?

„Ich kann nicht glauben, dass das alles passiert." Sam stand auf und übergab sich in einen Mülleimer. Nein, das konnte nicht passieren, aber es war wahr. Cal hatte Isa angegriffen, sie verfolgt und terrorisiert und schließlich hatte er sein Versprechen gehalten und sie fast getötet. Er konnte nicht anders, als sich vorzustellen, wie Cal seine große Liebe erstach. Wie er sein Messer immer wieder in sie stieß und sehen wollte, wie das Licht aus ihren Augen verschwand. Er hatte nun keine Zweifel mehr und wandte sich mit einem wütenden Schluchzen um – nur um zu sehen, wie Cal eine Waffe auf ihn richtete.

„Du hast sie getötet."

Cal lächelte. „Natürlich habe ich das getan. Möchtest du wissen, wie es sich anfühlte, das Messer in sie zu rammen? Himmlisch. Nach all der Zeit. Sie war mutig und sehr ruhig. Und ich sagte ihr, warum ich es tat. Weil du alles hast und ich unser ganzes Leben lang nichts hatte. Dass sie der letzte Strohhalm war."

Sam schüttelte den Kopf. „Was meinst du mit *nichts*? Du hattest alles, was ich auch hatte: Geld, Chancen, alles."

„Außer der Liebe unseres Vaters."

Sam lachte humorlos. „Das soll ein Scherz sein, oder? Du hast mein schönes Mädchen getötet, weil Daddy dich nicht geliebt hat? Du kranker Mistkerl. Er hat nie wieder jemanden geliebt, nachdem meine Mutter ermordet worden war. Er nahm deine Mutter bei sich auf, nachdem sie mit dir schwanger geworden war, und gab ihr ein gutes Leben. Er hat dir alles gegeben, was ich jemals hatte. Ja, er hatte Probleme, Liebe auszudrücken. Armer, verrückter Cal. Hast du auch Paul und Seb ermordet?"

Cal grinste böse. „Ja. Aber Isa war der große Preis. Hast du eine Ahnung, wie lange ich geplant habe, sie zu töten?"

Er trat näher an Sam heran, der schwieg, während die Wut in ihm wuchs. Cal beugte sich vor. „Seit du sie zum ersten Mal gefickt hast. Ich habe euch zugesehen. Ich bin euch in die Galerie auf der Insel gefolgt. Als ich sie sah ... Gott, ich *wollte* sie. Wer nicht? Aber natürlich bist du mir zuvorgekommen. Wie lange hat es gedauert, bis sie sich von dir ficken ließ? Eine Stunde? Zwei? Hure. Als ihr zwei geschlafen habt, bin ich in die Wohnung eingebrochen und habe euch beobachtet. Ich habe überlegt, ob ich ein Messer in sie rammen sollte, damit du neben ihrer Leiche aufwachst. Aber dann dachte ich: *Nein. Lass ihn sich in sie verlieben, lass ihn wissen, dass er niemals ohne sie leben kann und nimm sie ihm dann auf die schlimmste, brutalste Art weg.* Und genau das habe ich getan." Er lächelte. „Du warst nur ein paar Sekunden zu spät, Sam. Sekunden."

Sam brüllte und griff ihn an. Cal schoss auf ihn und Sam

spürte das glühende Eisen der Kugel in seiner Schulter, aber es war ihm egal. Er stürzte sich auf Cal, stieß ihn zu Boden und legte die Hände um den Hals seines Halbbruders. Cal lachte.

„Denkst du, dass es mich interessiert, ob du mich jetzt tötest, Sam? Glaubst du wirklich, es bedeutet mir etwas? Ich habe getan, was ich vorhatte."

Er schaffte es, sein Knie in Sams Bauch zu stoßen, und der ältere Mann zuckte zusammen. Cal stand auf und rammte seine Faust in Sams Gesicht. Sam taumelte zurück und Cal packte ihn.

„Du musstest immer alles haben, nicht wahr? Alles Gute. Aber nicht sie ... Warum solltest du sie haben und nicht ich? Ich bedaure nur, dass ich sie nicht ficken konnte, bevor ich sie getötet habe."

Sam brüllte vor Wut und rammte Cal gegen die Wand, sodass sein Kopf gefährlich nahe am Marmorkamin aufprallte. Cal grinste. Sein Mund war unter Sams Schlägen aufgeplatzt und blutete.

„Es ist mir egal, was du mit mir machst, Bruder. Weil ich Isa töten konnte und ihr Blut auf meinen Händen gespürt habe."

Sam hielt plötzlich inne. Seine Hände umklammerten Cals Kopf und sein Blick senkte sich auf den Verräter. „Ich werde dich töten, aber es gibt eine Sache, die du wissen sollst, wenn du stirbst, Cal."

Cal grinste selbstgefällig. „Und die wäre?"

Sam lächelte und neigte seinen Kopf, sodass seine Lippen am Ohr seines Bruders waren. „Isa ist nicht tot."

Cals Augen weiteten sich vor fassungslosem Entsetzen, aber nur eine Millisekunde später schlug Sam seinen Kopf hart gegen den Marmorkamin und Cals Schädel brach.

Ein paar Minuten später kam Halsey – allein. Er warf einen Blick auf Sam, der an der gegenüberliegenden Wand von der Leiche seines Bruders saß. Halsey überprüfte Cals Puls. Tot. Er warf Sam einen Blick zu.

„Sam, verschwinden Sie von hier. Ich kümmere mich um alles."

Sam sah ihn verwirrt an. „John, ich habe das getan. Ich werde mit Ihnen kommen. Ich werde keinen Widerstand leisten."

Halsey sah ihn an. „Sam, nach allem, was Sie durchgemacht haben ... Verdammt, ich hätte das Gleiche getan. Sie haben genug gelitten. Überlassen Sie mir den Rest. Gehen Sie zu Isa und sagen Sie ihr, dass ich hoffe, dass es ihr bald besser geht."

Sam rappelte sich auf und schüttelte dem Detective die Hand. „Danke, John. Ich danke Ihnen von ganzem Herzen."

John Halsey nickte. „Raus hier."

Mit einem dankbaren Lächeln warf Sam einen letzten Blick auf seinen toten Bruder und eilte aus dem Raum. John Halsey sah auf Cal Levys Körper hinunter und schüttelte den Kopf.

„Mistkerl", sagte er leise und machte sich an die Arbeit.

Isa saß in ihrem Krankenhausbett und fühlte sich krank und verletzt, aber sie war erleichtert, am Leben zu sein. Es war knapp gewesen, hatten ihr die Ärzte gesagt, aber nachdem sie in die Stadt geflogen und sieben Stunden lang operiert worden war, hatte sie es geschafft.

Als sie zwei Tage später aufwachte, fand sie Sam an ihrer Seite und sie starrten einander lange an, bevor sie sich küssten. „Was ist passiert?" Sie berührte seine verbundene Schulter. Sam schnaubte.

„Er hat es geschafft, einen Schuss abzugeben. Es ist nicht so schlimm. Nichts in Vergleich zu dem, was er dir angetan hat." Er lachte erstickt. „Wie zum Teufel lebst du noch? Himmel. Du bist zäh, Baby."

Sie lachte, aber dann wurde ihr Gesicht ernst. Sie zögerte und sah von ihm weg.

„Die Leiche im Feuer ..."

Sams Hand umschloss ihre Finger fester. „Süße. Es war Karl. Cal hat ihn vor Wochen ermordet und seine Leiche tiefgefroren."

Sie sahen sich einen langen Moment an. Isa schluckte den Kloß in ihrem Hals herunter und stellte die Frage, von der sie nicht wusste, ob sie die Antwort darauf wissen wollte.

„Ist Cal im Gefängnis?" Ihre Stimme war leise.

Sam schüttelte den Kopf. „Nein, Baby, er ist weg. *Weg.*"

„Tot?"

„Ja. Sehr, sehr tot. Dieses Mal ist es wirklich vorbei, Liebling. Endgültig."

Sie stieß einen Atemzug aus. „Gut."

Er bedeckte ihren Mund mit seinem, fühlte, wie sie auf ihn

reagierte, und lächelte. Als sie sich voneinander lösten, wurde er ernst.

„Heirate mich."

Sie streichelte seine Wange und kicherte. „Wir sind schon verheiratet."

„Ich meine, richtig, vor unseren Freunden, in einem Brautkleid und einem Anzug. Und Zoe begleitet dich zum Altar."

Isa grinste mit Tränen in den Augen. „Weißt du was? Ja. Lass uns dieses eine Mal richtig feiern. Ich denke, wir haben es uns verdient."

Er küsste sie. „Isa, es tut mir so leid, dass ich ihn nicht davon abhalten konnte, dir wehzutun. Ich konnte einfach nicht glauben, dass er das tun würde."

Isa schüttelte den Kopf und streichelte sein Gesicht. „Keiner von uns konnte das, Baby. Zumindest ist sonst niemand gestorben."

Sam sah nach unten und sie runzelte die Stirn.

„Was?"

Sam schwieg eine Weile. „Casey ist auch tot. Cal hat sie getötet. Halsey hat sie gefunden, bevor er zu uns gekommen ist. Sie wurde erschossen."

Isa war geschockt. „Oh mein Gott. Es tut mir leid."

Sams Hand legte sich fester um ihre. „Mir nicht."

„Sam!"

„Entschuldige, Isa, aber sie hat bekommen, was sie verdient hat. Sie hat jahrelang eine Affäre mit ihm gehabt, selbst als ich mit ihr verheiratet war. Sie wollte genauso sehr wie er, dass du tot bist. Zusammen haben sie deine Ermordung geplant."

„Und mit ihrem eigenen Leben bezahlt."

Sam nickte. „Ich schätze, sie war ihm nicht mehr nützlich. Immerhin war das sein Endziel. Weder du noch ich sollten überleben. Ich bin überrascht, dass er nicht auch Zoe angegriffen hat." Er seufzte. „Wenn Casey ... Ich möchte sie für alles verantwortlich machen, aber ich kann es nicht. Ich gebe mir selbst die Schuld daran."

„Wage es nicht, Sam Levy. Wir alle machen Fehler und wenn du Schuld hast, dann ich auch. Aber Tatsache ist, dass Cal auf alles, was du hattest, krankhaft eifersüchtig war. Ich war für ihn nur ein Objekt, das er besitzen wollte. Und als ich mich in dich verliebt habe, war die einzige Art, wie sein verrückter Verstand damit umgehen konnte, mich zu töten."

Sam zuckte zusammen und Isa griff nach ihm und nahm sein Gesicht zwischen ihre Handflächen.

„Und er ist gescheitert."

„Er hätte es fast geschafft. Sieh dich an."

Isa warf einen Blick auf die Verbände um ihren Bauch. „Es geht mir gut. Wie geht es Louisa?"

„Besser. Sie ist schon auf und läuft herum."

„Ich bin so froh. Oh Gott, wenn ich daran denke, was Cal ihr angetan hat ..."

„Ich weiß. So habe ich mich gefühlt, als ich dich in dem Keller gesehen habe. Ich möchte das nie wieder erleben."

„Das wirst du auch nicht. Wir werden für immer zusammen sein."

Sam streichelte ihr Gesicht. „Möchtest du zurück zu dem Haus? Ich verstehe, wenn du es nicht willst."

Isas Gesicht war ernst. „Ich möchte zurück in unser Zuhause. Er wird es nicht für uns ruinieren. Es ist perfekt. Wirklich, Sam, wir müssen uns daran erinnern, dass wir ihn überlebt haben. Wir sind die Sieger."

„Heirate mich", sagte er erneut und sie küsste ihn.

„Ja, Samuel Levy, ich werde dich heiraten."

EINE WEILE SPÄTER SCHAUTE DIE KRANKENSCHWESTER IN DEN Raum und lächelte. Beide schliefen. Der Mann hatte die junge Frau an sich gezogen und hielt sie so, als wollte er sie nie wieder loslassen. Die Krankenschwester machte das Licht aus und schloss die Tür. Sie grinste ihre Kollegin an, die an der Station vor dem Zimmer stand.

„Hast du schon einmal so eine Liebe gesehen?"

Ihre Kollegin lächelte ebenfalls. „Nur in meinen Träumen."

ENDE.

* * *

Melde Dich an, um kostenlose Bücher zu erhalten

Möchtest Du gern Eifersucht und andere Liebesromane kostenlos lesen?

Tragen Sie sich für den Jessica F. Newsletter ein und erhalten Sie ein KOSTENLOSES Buch exklusiv für Abonnenten indem Du diesen Link in deinem Browser eingibst:

https://www.steamyromance.info/kostenlose-bücher-und-hörbücher

Eifersucht: Ein Milliardär Bad Boy Liebesroman

Neue Liebe entsteht, aber auch eine Eifersucht, die sie zu zerstören droht. Ich habe meine winzige Heimatstadt und ihre Einschränkungen hinter mir gelassen. Dann erschien ein bekanntes Gesicht in der Bar, in der ich arbeite, und brachte mich wieder dorthin zurück, wo ich angefangen hatte ...

https://www.steamyromance.info/kostenlose-bücher-und-hörbücher

Du erhältst ebenso KOSTENLOSE Romanzen-Hörbücher, wenn Du Dich anmeldest

©**Copyright 2020 Jessica F. Verlag - Alle Rechte vorbehalten.**
Das Werk, einschließlich aller seiner Teile, ist urheberrechtlich geschützt. Jede Verwertung ist ohne Zustimmung des Verlages und des Autors unzulässig. Dies gilt insbesondere für die elektronische oder sonstige Vervielfältigung. Alle Rechte vorbehalten.
Der Autor behält alle Rechte, die nicht an den Verlag übertragen wurden.

❦ Erstellt mit Vellum